인생의 삶에는 공식이 없다

존 그레함 지음 | 김붕래 옮김

자신의 인생에 도전하는
아들에게 주는 아버지의 선물

아들아!
너는 혼자서 삶의 길을
찾아 앞으로 나아가야 한다.
너의 길은 멀고, 늘 피로에 지쳐있고
가시밭과 고통 속을 지나야 한다.

차 례

차 례

차 례

차 례

Letter___1

자신의 인생에 도전하는 아들에게 주는 아버지의 선물

어머니는 네가 대학에서 너무 지나치게 공부에만 열중한 나머지 건강을 잃지 않을까 걱정하고 계신다.

그 마음을 알겠니?

네가 적당히 공부할 것을 주의시키라고 늘 나에게 당부하고 있지만, 오히려 내가 말하고 싶은 것은 그와는 정반대임을 분명히 다짐해 두고자 한다. 공부만큼은 네 나이 때에 착실히 해주기를 바라는 것이 이 아버지의 희망이며 바램이다.

너를 명문 하버드 대학까지 보낸 뜻은 유서 깊고 전통 있는 대학에서 격조 높은 학문을 조금이라도 더 몸에 익히고 훌륭한 선배와의 관계를 갖게 하기 위해서이다.

이 시기를 네 생애에 있어서 가장 좋은 삶의 기회로 받아들여 주기 바란다. 만일 좋은 기회가 주어지면 주저하지 말고 팔을 힘차게 뻗어 행운의 여신을 붙잡아야 하는 예고된 순간임을 깨달아야 한다.

장차 너도 분명히 깨닫게 되겠지만, 이 세상의 누구에게나 평등하게 주어진 의무란 공부하는 자유와 마음껏 향유할 수 있는 지식 밖에 없다는 사실을 명심해 두기 바란다.

그밖의 것은 모두 나사못처럼 제나름대로 알맞은 장소에 따라서 굳게 조여 있는 것과 같고, 그 견고한 부품을 풀 수 있는 드라이버와 같은 연장, 즉 지혜라는 삶의 열쇠가 어디에 있는지조차 모르는 것이 우리의 인생이다.

나는 대학에는 못 갔지만, 여러 가지 방법으로 세상을 살아갈 수 있는 지식은 내 나름대로 터득하고 배웠다.

이 세상에는 태어날 때부터 무일푼으로 겨우 몇 달러를 손에 쥐는 데도 온갖 고생을 거듭하며 뼈아픈 금전의 가치를 배우는 사람도 있지만, 또 한편으로는 부모로부터 막대한 유산을 손쉽게 상속 받아서 아무런 목적없이 낭비해 버리고 난 다음에서야 비로소 돈의 가치를 깨닫는 자를 주위에서 흔히 목격할 수 있을 것이다.

한편 사업을 하다가 헛된 욕망에 앞선 나머지 사기를 당하고 나서야 참된 삶의 의미를 발견하는 사람이 있는가 하면 생활의 싸움터에서 지친 몸을 이끌고 야간 학교에서 학문을 연마하여 지식을 쌓은 젊은이도 있다.

너에게는 하나의 우화같은 이야기로 들릴지 모르지만, 술꾼 아버지를 둔 덕택으로 술의 해독을 몸으로 터득한 자가 있는가 하면, 훌륭한 어머니로부터 교훈을 받아 삶의 가치를 깨닫는 자도 있다.

이렇듯 지식도 예외는 아니다. 사회생활을 하면서 신문이나 도서관에서 자기 자신에게 알맞은 지식을 갖추는 맹렬한 사람도 있는 반면에 학교 선생님으로부터 정규 수업을 통해 배우는 사람도 있다. 이처럼 환경과 방법은 다르나 인생의 의미를 깨닫는데는 큰 차이가 없다.

한 가지 좋은 예로 레슬링 게임에서 가장 중요한 기본 동작은 기술을 확실히 걸어서 공격을 가하여 상대편이 반격을 못하도록 하는 것이지 어떻게 기술을 걸 것인가 하는 방법의 문제는 아니다.

포장지의 역할 또한 사람의 눈길을 끄는 데 있으며 사용하고 나면 쓰레기통에 버려지거나 태워버린다. 부엌에서 요리를 하고자 하는 목적은 포장지에 싸여 있는 내용물이 아닌가. 이처럼 인생의 길은 제각기 다르나 목표는 한 가지다.

이렇듯 자기의 길을 가는 사람은 성공이 멀리 있지 않음을 깨닫고 있단다.

Letter___2

단편적인 지식보다는 폭 넓은 인간성이 더 중요하다

어떤 교육이든지간에 가장 중요한 기본 목표는 인간 형성에 있으며 지식의 습득은 그 다음 문제라고 생각된다. 그렇다고 이 문제를 가지고 너에게 지루한 설교 따위는 하지 않겠다.

훌륭한 자질을 지니고 있는 젊은이라면 타인의 충고를 받는 것보다 자기 스스로 문제를 해결해 나가는 쪽이 더 발전적인 사고의 소유자라고 할 수 있다.

그러나 타인으로부터 받은 정중한 충고를 자신의 결점을 탓한다는 감정적인 반발심에서 정도를 벗어나 그릇된 행동을 저지르는 경우도 수 없이 많이 보아왔으며 알고 있다.

예컨대, 나 역시 그런 사람 중의 하나였다고 너에게 솔직하게 고백한다.

어린 시절의 나는 행동이나 말씨가 윗사람들의 눈에 띠는 거친 편은 아니었으나 같은 또래의 아이들보다는 다소 격한 감정을 가지고 있었던 것은 사실이다. 하지만 누구에게서나 사랑 받을 수 있는 평범한 아이기도 했다.

그런데 무슨 까닭인지 주일학교 후버 목사님은 나를 꼭 성직자로 만들고 싶어 하셨단다. 주일학교에서 나를 볼 때마다 목사님은 이렇게 큰소리로 말씀하시곤 했지.

"존! 구원을 받고 싶은 생각은 없나?"

예배가 끝나고 나면 으레 기다렸다가 나를 붙잡고 함께 기도를 올리곤 하셨지. 이와같이 반복되는 시간이 5년 동안이나 계속되었으므로 오히려 두려운 마음을 갖게 된 나는 성직자가 되려는 생각을 완전히 포기하는 결과를 가져왔단다.

훌륭한 어머니 밑에서 자라는 아이들은 바르고 선량한 품성을 지니게 마련이다. 또한 인생을 살아가면서 자기 내면에 밝은 세계를 가지고 있으면 타인으로부터 이런저런 소리를 듣더라도 마음이 흔들리는 일 따위는 없다.

이제부터는 너를 보호해 주고 궂은 일까지 옆에서 보살펴 주던 어머니의 사랑의 손길은 물론, 치마자락의 정다운 스침 소리도 들을 수 없으므로 매사에 당황하게 될 것이다. 그러나 식품 검사관이 포장이 잘된 겉만을 보고 그 품질의 좋고 나쁨을 식별하는 것이 아니라 내용물까지 정성껏 조사하여 판정하듯이 올바른 마음으로 사물을 자세히 관찰하면 어려운 문제도 쉽게 풀린다.

그리하여 무엇이 옳고 잘못된 것인가를 명확히 구별할 수 있는 지혜의 눈을 가질 때, 비로소 너는 한 인간으로서의 자격을 갖추게 되는 것이다.

인생을 살아가면서 자기 내면에
밝은 세계를 가지고 있으면 타인으로부터
이런 저런 소리를 듣더라도 마음이
흔들리는 일은 없다.

Letter___3

겉모습이 아닌 참된 인간의 실력이란 무엇인가?

무엇보다도 나는 네가 학업에 열중하여 깊이 있는 전문적인 지식을 쌓아줄 것을 간절히 바라고 있다. 또 한편으로 너에게 바라는 소망도 가지고 있단다. 양식 있는 올바른 인간이 되어 달라는 부탁이다.

네가 갈고 닦은 마지막 학교 생활을 졸업과 함께 성장된 한 인간의 모습을 갖추고 있다면, 나는 기꺼이 너의 학점이 다소 미달되더라도 용서해 줄 용의가 있다.

대학에서 배우는 것 중에서 가장 근간이 되는 요점을 두 가지로 나누어 볼 수 있을 것이다. 그 중의 하나는 교수로부터 전문적인 강의를 받는 일이며, 다른 하나는 학교 생활을 통해 폭 넓은 교우관계와 대학인만이 가질 수 있는 긍지를 스스로 터득할 수 있다는데 중요한 의미가 있다.

강의실에서 배우는 것은 전문적인 지식뿐이지만, 강의실 밖에서는 한 인간의 몫, 어른이 되는 지혜를 배우는 장소인 것이다.

공부하는 것과 음식을 먹는 일은 서로 비슷한 점이 많다. 물론 우리의 삶에 있어 두 가지 모두 중요한 행위임은 틀림없는 사실이다.

예컨대, 비프와 야채가 듬뿍 섞인 식사를 한 뒤, 또다시 파이와 수박을 후식으로 먹었다고 하자. 우리 육체의 영양분이 된 요소는 이것이라고 꼬집어 말할 수 없지만, 도리어 복통을 일으켜 진통제를 먹어야만 했던 원인은 어떤 음식물에서 비롯된 것일까. 작은 유혹에 끌려서 깜빡 잊고 과식한 것이 그 원인이었음을 생각하지 않아도 알 수 있다.

배움도 이와 같아서 국어나 수학, 역사 등등의 학문을 배웠다고 해서 인간적으로 성장한 것은 아니다. 너의 판단도 그러하리라고 믿는다. 분명하게 말할 수 있는 것은 무엇인가 머리 속에 주입되었다는 사실, 그리하여 보다 폭 넓은 상식을 갖고 입[말]이 어느 정도 부드러워졌다는 것 뿐이다.

그러나 복통이 난 원인은 너무 단 과자와 수분이 많은 수박을 먹은 탓이란 사실을 곧 알 수 있듯이 나쁜 행동은 유혹이 많은 법이다. 놀이와 악취미에 정신이 팔리면 그 결과로 나타나는 증세임을 알 수 있다.

장사꾼이 대학 교육을 받는 방법이 과연 수지 타산에 맞는 일인가 하고 말하는 사람도 있겠지만, 이 경우의 대학 교육이란 학문의 전문적인 지식이 아니라 악행을 스스로 해결할 수 있는 능력과 의젓한 한 사람 몫의 어른이 될 수 있는가 하는데 더 뜻을 두어야 할 것이다.

무기력한 설탕물에 듬뿍 절인 달콤한 사고방식의 소유자라든가, 임기 웅변적인 잔꾀로 허풍을 떠는 겉치레 인물, 정신적인면까지 불결하게 오염된 자, 자기 과시욕에 자만하는 내실 없는 젊은이, 낭비와 사치로 밤을 지새우는 향락주의자, 이런 부류의 젊은이들이 많은 돈을 들여서 대학에 간들 무슨 소용이 있겠느냐.

그런 자일수록 당당하게 햇볕에 그을리고, 땀의 댓가를 알고, 올바른 정신에 참된 지식의 옷을 입지만 육체의 옷엔 무관심한 소박한 젊음의 가치를 외면한체 파멸의 싹을 키우고 있는 것이다. 하지만, 이런 젊은이일수록 자기 내면의 세계를 더욱 발전시켜 주고 올바른 인간의 몫을 할 수 있도록 교육하고 지도하는 것이 대학의 전인적 교육이 아니겠느냐.

이렇듯 대학은 자기 성찰을 위한 교육이 있는 곳이기도 하단다. 많은 시간을 두고 올바른 학우와의 교제는 미래의 큰 재산이 될 것이다.

Letter___4

아픔을 모르는 자는 성숙할 수 없다

장사꾼이 대학교육을 받음으로 해서 과연 수지 타산이 맞는 일인가 하고 내가 말했지만, 그것은 값싼 돈육|돼지고기|을 대량으로 기계에 넣어서 맛있고 볼품 있는 소시지로 만든 상품이 과연 타산이 맞는 일인가, 아니면 옥수수 사료를 먹여서 송아지를 길러 기름진 최상품의 스테이크로 판매하는 쪽이 더 타산에 맞는 일이 아닌가 하는 이치와 같다.

이럴 경우, 틀림없이 이익이 있을 것인가, 아닌가를 재빨리 판단해서 결정을 내리는 두뇌 훈련은 젊은이에게 있어 가장 쓸모 있는 능력이다. 이를 깨물고서라도 남보다 빨리 결단을 내리지 않으면 안될 경우가 있다. 치열한 생존경쟁에서 정확하고 빠른 결단은 자기 보호와 성공의 주무기가 될 수 있다는 점을 명심하기 바란다.

물론 대학에서 바보를 양성시키기 위해 교육하는 것은 아니다. 하지만 대학 나름의 특수성 때문에 더욱 바보가 되어 헛된 삶의 낭비를 할 수 있다는데 그 문제점이 있다. 그렇다고 영리한 인간만을 대학에서 만들어 내는 것도 아니다.

천성적으로 영리한 자가 집중적인 전문교육을 통해 더욱 영리해지는 것은 사실이다. 본래부터 어리석은 자는 대학에 가든 안 가든 변화의 차이는 있겠지만, 역시 어리석은 자로 일생을 살아가는데는 별 차이가 없다.

그러나 매사에 깊이 생각하고 행동하는 사려 깊은 젊은이라면 가난하여 비록 남루한 옷차림으로 뒷거리 판자촌에서 고생스럽게 생활한다 해도, 아니면 늘 화려한 옷을 입고 아무런 불편함 없이 양친의 따뜻한 보살핌 속에 성장하더라도 나중에는 똑같이 훌륭한 사람이 될 수 있는 것이다.

영리한 자는 대학교육을 받지 않더라도 스스로 자기의 삶을 개척하여 똑똑한 인간으로 성장할 수 있는 반면, 평범한 자가 대학교육을 통해 훌륭한 사람으로 성장될 수 있다는 것이다. 대학교육을 받든 받지 않든간에 그것은 경기 법칙을 무시한 채 자기의 힘만 믿고 격투를 벌이는 자와 작전대로 경기를 진행하며 승리를 기다리는 모범적인 권투 선수의 시합 정도의 차이 밖에 없다. 물론 어느 쪽이든 상대를 눕힐 수는 있다.

그러나 계획이 서 있고 거기에 맞추어 기술을 발휘하는 쪽이 더욱 유리하다. 합당한 기술이 있으면 상대편으로부터 쉽게 공격을 받지 않지만, 자기의 힘만 믿고 무리한 경기를 운영한다면 스스로 무너지는 패배를 당하게 된다.

물론 이 세상에는 교육을 받으면 받은 만큼 쓸모없는 일에 몰두하며 악취미를 즐기는 자도 있다. 이런 자가 대학에서 교육을 받는다 하더라도 무슨 도움이 되겠느냐.

인생에 대해 깊이 사색하고 행동하는 자만이 대학교육을 받을 자격이 있는 것이란다.

매사에 깊이 생각하고 행동하는
사려 깊은 젊은이라면 가난하여
비록 남루한 옷차림으로 뒷거리
판자촌에서 고생스럽게 생활한다
하더라도 노력의 결과에 따라
훌륭한 사람이 될 수 있다.

Letter___5

인생의 기본이 확고한 사람은 무슨 일을 해도 완벽하다

'교육 받은 돼지와 같은 인간'이라는 말을 빌어 네 삶에 좋은 충고로 전해 주고 싶다.

이미 10여년 전의 일이지만, 가까운 이웃에 워터커라는 노인이 살고 있었는데, 그에게는 스탠리라는 아들이 있었다.

워터커 노인은 부모로부터 가업을 물려받았으나 사업에는 아무런 흥미도 의욕도 느끼지 못했으며, 그렇다고 달리 이것이다 하고 알고 있는 지식도 없어서 사업을 확장해 보지도 못하고 끝내는 가업과 자기의 인생까지 망쳐버린 쓸모 없는 경영자였다.

이 노인은 자신의 실패가 일찍이 인생의 기초를 확고하게 다지지 못했던 것을 뉘우치고 자식 스탠리에게는 모든 경험을 몸에 지니게 해주고 싶었다. 그런 나머지 아들을 청소년 시절부터 사립 명문학교에 입학시키고, 심지어는 댄스 강습소에까지 보내 전통 사교춤을 배우게 하는 한편, 자식이 원하는대로 이 대학 저 대학을 두루 거치게 하고 분위기를 조성시켜 주기 위해서 바다 건너 옥스퍼드 대학까지 유학을 보냈던 것이다.

분위기를 조성시킨다는 것은 무엇을 의미하는 것인가? 나는 그 참된 뜻을 이해할 수 없지만, 내 나름대로 판단하건대 옥스퍼드라는 훈제 창고에 특별히 좋은 향기와 연기가 가득 차 있어서 거기에 넣으면 좋은 냄새가 조성된다는 뜻일까?

그러나 스탠리가 거의 졸업할 무렵 워터커 노인은 장의사 신세를 지게 되었다. 그 사이에 재산은 모두 탕진되었고, 아무런 유산도 남길 수 없었다.

하루 아침에 스탠리는 꼭 필요한 것을 몸에 지니지 못한 채 세상에 버려지게 되었다. 홀로 남게 된 그는 이제부터 어떻게 할 것인가 하고 스스로 자문해 보았지만, 그에게는 사업을 일으킬 생각도, 하물며 직업 군인이 될 용기조차 없는 것 같았다.

그래서 나는 이웃사촌으로 그에게 알맞는 직업을 찾아주기로 마음먹었다.

마침내 노력 끝에 은행에 자리를 마련해 주었다. 그는 경제학을 전공하였으므로 그 방면에는 은행의 중역을 뺨칠 정도로 지식이 해박했고 금융사에 대해서는 권위가 있을 정도였다.

그러나 실무에 있어서는 은행의 급사아이보다 못했으니 어찌하랴. 정부 발행의 진짜 50불 지폐와 뒷거리 비밀 인쇄소에서 위조한 50불 짜리를 구별하지 못하는 실수를 저지른 나머지 은행으로부터 해고를 당했던 것이다.

나는 다시 신문사에 일자리를 찾아주었다. 스탠리는 6개국어에 능통했으며 지리라면 지구에서 북극성까지 상세히 알고 있을 정도였다. 그러나 저명 인사의 스캔들 기사 한 줄도 제대로 쓰지 못하는 무능력자였다.

수학에는 삼각법이든 기하학이든 두루 능통하지만 장부기장은 한 가지도 정리 못하는, 유명 시인의 싯구는 줄줄 외우면서도 사람들이 시선을 끌만한 차내 광고 문구는 한 줄도 써 내지 못했던 것이다.

생명에 관계되는 병명은 무수히 알면서도 천 불짜리 생명보험에는 단 한 명도 가입시키지 못하고, 역대 대통령에 관한 신상에 대해서는 함께 어린 시절을 보내지 않았나 할 정도로 자세히 알고 있었으면서도『위대한 건국의 아버지』전집을 한 질도 팔지 못해 직장을 잃어야 하는 형편이었다.

최후로 스탠리 같은 머리 속에 더 이상 지식을 채울 수 없는 사람에게 꼭 적합한 일자리를 발견했던 것이다. 학교 선생이었다. 그러나 그는 교수법에 대해 지나칠 정도로 너무 많이 알고 있는 것이 오히려 탈이었다.

사사건건 교장과의 충돌이 계속되었고 이론에 밝은 스탠리는 과시욕에 교장을 무시하기까지 했다. 이에 교장은 책임자로서의 모멸감과 멸시감에 자존심까지 상처를 받고 그를 파면시킬 구실을 찾기에 광분할 정도였다.

스탠리는 자기가 맡은 철학 과목에 확고한 지식을 갖고 있었으나 혈기 왕성한 젊은이들의 기분과 정서적인 면은 생각지 않고 심지어 쉬는 시간에도 수업을 계속하다가 학생들로부터 외면을 당하자 어이없이 면직 처분을 받게 되었다.

그 후 전해 들은 바에 의하면 『젊은이는 왜 절망하는가』라는 책을 써서 인기 작가가 되었다는 소문이다. 결국 스탠리는 자기가 몸소 체험한 쓰라린 실패가 인생을 전환시키는 절대적인 계기가 되었다는 사실이다.

여기서 그에 관한 이야기를 길게 쓴 이유는 많은 지식을 몸에 지니는 것보다 전문적 지식은 다소 부족하더라도 잘 이해하고 활용할 줄 아는 능력이 무엇보다도 중요하다는 점을 말해 주고 싶었던 것이다. 부디 깊이 명심해 두기 바란다.

참다운 친구가 되어주는 부모는
매우 귀중한 보물과 같은 존재이다.
세상에는 이러한 보물을 가지고 있는
젊은이들이 많다. 늘 아버지와
조용히 마주 앉아 자신의 고민과 속마음을
털어놓는 젊은이의 모습은 아름답다.

Letter___6

나를 성장시켜 주는 지식과 발목을 잡는 상식

지금 회사 경리 직원으로부터 이번 달에 네가 쓴 경비 지출 명세서를 전해 받고는 놀라움으로 어깨를 움츠리지 않을 수 없었다.

대학생활을 통해서 교양을 몸에 익혀 달라고 한 부탁은 캠브리지를 돈으로 점령하라고 한 뜻은 아니다. 물론 이쯤의 청구서로 하여 내 형편이 곤란하게 되는 것은 아니지만, 이번 기회에 반성해 보고 주의하지 않으면 장차 어떤 어려움을 겪는 시발점이 될 수 있다는 점을 염려해서 하는 말이다.

너의 2년간의 대학생활을 지켜보면서 달마다 늘어나는 경비 지출에 대해 염려하지 않을 수 없다. 무엇보다도 돈을 절약하려고 노력한 흔적을 발견할 수 없다는데 섭섭한 마음의 비중이 크다.

날로 늘어가는 씀씀이를 묵인하고 방치한다는 무관심은 아무리 사육해도 더 이상 비대해질 수 없는 소에게 부지런히 옥수수를 공급하는 것과 같아서 사업에서는 결코 용서할 수 없는 일이다.

나는 너의 경비 문제에 대해서는 이제까지 한 마디 경고의 말도 하지 않았다. 그것은 내가 너를 너무 믿고 있는 마음에서 일할 필요가 없는 젊은이에게서 가끔 발견할 수 있는 바보 같은 짓은 하지 않을테지 하는 안도감에서였다.

하지만, 내가 아무 말도 하지 않는다고 해서 부모는 부자이니까 무엇이든 요구하면 줄 것이다 하는 안이한 생각은 버려주기 바란다. 대학 졸업과 동시에 너에 대한 일체의 원조는 끊어버릴 계획이니까.

지금부터 수입에 맞게 지출하는 습관을 기르지 않으면 훗날 네가 가정을 갖거나 사업을 할 때 균형을 맞추어 나가기 어렵게 될 것이다.

돈을 다른 사람으로부터 차입하든지 상속을 물려받든지 하면 쉽게 부자가 되는 것은 틀림없지만, 난 그런 방법으로 너를 부자로 만들 생각은 추호도 없다.

적어도 네가 회사에 입사해서 책임감 있고 촉망 받는 중요한 지위에서 소신껏 일할 수 있는 능력이 갖추어졌다고 인정될 때 난 너에게 자립할 수 있는 재산을 물려줄 생각이다.

무엇보다도 아버지가 경영하고 있는 회사에서는 신입사원의 지위를 경영자라도 마음대로 결정할 수 없는 사규가 있다. 내 자식이든 창고 관리 주임의 자식이든 일단 직원으로 채용되면 누구나 말단에서부터 시작하지 않으면 안 된다.

덧붙여서 분명히 말해 두지만, 우리 회사에서 가장 말단의 신입사원이 하는 일이란 우편 담당이고, 급료는 매주 토요일에 지불하는 주급 50달러로 정해져 있다.

이렇듯 어려운 출발에서부터 시작하여 자기 분수에 맞게 생활하는 자만이 미래를 보장 받을 수 있다는 점을 명심하기 바란다.

삶에 대한 굳건하고 확실한
태도가 마음의 평정을 얻기 위한
기초가 된다는 사실을 명심해야 한다.

Letter___7

돈에 무분별한 자는 성공할 수 없다

나는 기성 세대들이 성공한 사례를 너에게 교훈으로 말해 줄 생각은 추호도 없다. 그것은 너를 위하는 일이 아닐 뿐만 아니라, 사회 전체적인 면에서도 도움이 되지 않는다는 생각에서다.

기성 세대들의 자기 기만과 출세와 성공을 위해서는 수단 방법을 가리지 않는 극단의 이기주의, 분별 없는 욕망 등등은 결코 너에게 도움이 되지 않는 요소가 너무 많기 때문이다.

우리 회사에서는 능력에 따라 진급할 수 있는 여지가 얼마든지 있고, 또한 그 길이 열려 있지만, 거기에 쉽게 도달할 수 있는 엘리베이터와 같은 특별한 장치는 없다.

너와 같이 훌륭한 교양과 전문 지식을 지니고 있으면 당연히 학력이 낮은 자보다는 빨리 진급할 수 있는 기회가 주어지겠지 않겠느냐.

우선 현장 실무에 익숙해져 다른 직원들보다 우표 한 장이라도 더 빨리 붙일 수 있는 능력과 성실성만이 직장에서 인정 받는 지름길이다. 우표를 붙여본 적이 없는 자가 편지를 쓰지 못하는 것은 당연한 일이지 않겠니?

이런 글을 쓰는 것 또한 회사에 입사하여 네 지위에 대해 다소라도 불만을 갖게 될 때 학창시절의 포부와 꿈에 상처를 입지 않을까 염려해서다.

새로이 시작하는 출발의 시동은 내가 걸어주겠다. 그 뒤부터는 네 스스로의 힘으로 삶의 길을 개척해 나가기 바란다. 한 사람 몫의 남자라면 당연한 일이 아니겠느냐.

처음 사업을 시작하는 사람에게 그를 위한 충고와 기술은 이것이라고 종이에 써서 주듯 전달할 수는 있을 것이다. 그러나 그 사람은 모처럼 이어받은 사업상의 기술을 가짜 금괴와 바꾸고 종이는 쓸모 없는 휴지로 없애버리겠지. 하지만 종이 밖에 얻지 못한 사람 중에서 현명한 자가 있다면 빈약하지만 건어물상이라도 차려 남의 기술을 감쪽같이 터득해서 자기만의 종이로 포장하는 지혜를 가졌다면 틀림없이 성공할 것이다.

나는 너에게도 훌륭한 자질이 있다고 굳게 믿고 있단다.

하지만, 그 성의를 보여주기 바란다.

하느님도 사업에 있어서는 돈을 버는 일보다 우선 올바르게 쓰는 법부터 배우라고 가르치고 있다. 이를 거역해서는 절대로 훌륭한 사람이 될 수 없다.

낭비하는 자는 그 달의 급료보다 쓴 돈이 언제나 한 달 앞서게 되고, 받은 급료도 1달러가 60센트 정도로 밖에 실감을 느끼지 못하게 되지만, 유능한 사업가에게 있어서는 1달러가 106센트 이상의 가치가 있고, 더구나 그 돈을 절대로 낭비하는 일 따위는 하지 않는다.

그러므로 회사에 이익을 가져다 주는 자는 지출을 억제하고 저축하는 인물이다.

자기라는 복잡한 존재에 대하여
이해하고 존경하면서 헌신적으로
평가할 수 있는 사람은 육체에만
매달려 정신을 약하게 하지 않으며
몸과 마음을 함께 향상시킨다.

Letter___8

돈에 대해서는 구두쇠가 되라

해마다 많은 젊은이들이 취업 전선에 나서지만, 사회의 초년병임은 틀림없는 사실이다. 그러므로 돈에 대해서는 무관심한 편이 좋으며, 그들 중에 꼼꼼하게 돈을 쓰는 자를 구두쇠라고 주위 동료들로부터 경원을 받거나 따돌림을 당하는 경우가 많다.

돈 쓰는 요령과 습관에 대해서 대학교육으로는 해결할 수 없는 문제다. 왜냐 하면 개개인의 성격과 품성에 의해서 좌우되기 때문이다. 그래서 실업가 중에는 아들을 대학에 보내는 것을 꺼려 하는 사람도 있다. 그러나 생각을 달리 하여 관찰해 보면 이것은 젊은이가 사회에서 결코 쓸모없는 인물이 아님을 시험하는 절호의 기회라고 할 수 있다.

나는 주위 사람들로부터 오랜 동안 구두쇠라는 평판이

안 좋은(?) 말을 들어왔다. 하지만 진정한 구두쇠의 모습이란 어떤 것일까?

우리 회사 도축장에서 정육점으로 나가는 돼지고기 중에 신이 허용한 이상의 불필요한 지방을 섞어서 판매한 일이 없으며, 오히려 종전에는 돼지 허벅지의 질 좋은 근육살을 2킬로그램 밖에 취하지 못했으나 꾸준히 품종을 개량해서 두 배가 넘는 4킬로그램을 얻을 수 있었다. 그러므로 사업에 있어서의 구두쇠는 소비자에게 그 이익을 나누어 주는 데 목적을 두어야 한다는 점을 명심해 주기 바란다. 그러나 너는 오랜 동안 나와 함께 한 집에서 살아왔으므로 꼭 필요한 때는 주저없이 주머니에서 지갑을 꺼낸다는 사실을 알고 있겠지.

이 글에서 내가 말하고 싶은 것은 이 세상에서 가장 비열한 행동은 자기가 땀 흘려 번 돈도 아닌데 무분별하게 낭비해 버리는 일이며, 남의 돈을 빌려 쓰는 주제에 자기의 체면을 돋보이려는 젊은이라면 절대로 성공할 수 없다.

주위 동료들로부터 돈 잘 쓰는 멋쟁이라는 존경을 받고 싶어 하는 자라면 우리 회사의 평사원 중에도 얼마든지 있지만, 그런 자는 언제까지나 평사원을 면하지 못하고 중도에서 탈락하고 말 것이다. 때로는 너 역시도 그런 멋쟁이가 되고 싶다는 강렬한 유혹에 빠지겠지.

만약, 그런 생각에 자주 마음을 빼앗기는 경우라면 우선 그와 같은 유혹을 염두에 두지 말고 맡은 일에 열중해 보거라. 그 다음에도 그런 생각이 한 주간 동안 계속 작업 시간까지 이어지면 주급으로 받은 돈을 토요일 밤에 동료들과 아낌없이 써 보면 네 마음 깊은 곳에서 솟아오르는 실망감과 함께 각오를 새로이 하는 그 어떤 반성의 빛을 보게 될 것이다.

이럴 때 나는 너에게 무슨 말을 할 수 있겠니? 신은 네 스스로 판단하고 행동하도록 창조하지 않았다는 뜻을 분명히 깨달았을 것이다. 내가 처음 일자리를 구했을 때 어떤 형편에 처해 있었는지 너도 들어서 대개는 알고 있을 것이다.

처음에는 주급이래야 겨우 6페니 밖에 받지 못했다. 그러니 불평이 쌓일 수밖에 없어 얼마동안의 투쟁 끝에 2달러를 받게 되었지. 잠자리는 카운터 밑에서 해결해야만 했고, 아침 여섯 시부터 일을 시작하여 잠자리에 들 때까지 제대로 쉴 수 없는 고된 하루하루였다. 지금의 난 너에게 맹세해도 좋지만, 내가 번 돈 2달러는 몇 백 달러의 가치가 있는 것인가를, 마루 바닥의 잠자리는 얼마나 불편하고 딱딱한가를 몸으로 체험하였다.

이 모든 어려움은 내 생애를 통해 돈으로 계산할 수 없는 귀중한 삶의 교훈이 되었단다.

너도 젊음을 통해 이런 경험을 절실히 배워 두기를 바란다.

상대편의 어리석은 이야기를
조용히 경청한 다음 그의 잘못을
용서하고 그 결점에 눈을 감지
않고서는 사회 생활의 즐거움과
아름다움을 맛볼 수 없다.

Letter___9

육감이 작용하지 않는 인간에게는 한계가 있다

내가 사업차 오대호를 왕래하고 있을 무렵의 일이다. 우리들의 스크너 배가 바펄로 다리 밑을 지나고 있을 때, 정육점을 운영하고 있는 빌이라는 사내가 커다란 로스트 비프를 담은 바구니를 가지고 다리 난간에서 호객 행위를 하고 있는 모습을 발견했다.

이번 항해에 다소 식량이 부족할 듯해서 고기 덩어리를 던져 달라고 했다. 그리고 값을 물었더니 그는 큰 소리로 "1달러!" 라고 대답했다.

그 고기는 질이 좋은 맛있는 고기였으므로 돌아오는 길에 다시 그 다리에 이르렀을 때, 나는 고기의 맛을 기억하고 좀더 많은 양을 사고 싶었다. 그래서 배를 세우고 빌의 가게로 가서 먼저와 같은 고기를 달라고 했더니, 이번에 준

고기는 지난 번 것과는 달리 양도 적고 질긴 부위의 고기를 주는 것이 아닌가, 그러나 값은 똑같이 받았다.

그에게는 물건값을 바르게 매기는 감각이 전혀 없었던 것이다. 이것이야말로 사업인에게 절대적으로 필요한 자기 육감이란 감정이다.

빌은 몸집도 크고 고집이 세어서 일을 잘 하는 사내였지만, 지금은 가난의 밑바닥에서 하루하루를 곤궁하게 지내고 있다.

빌과 같은 유형의 남자는 현재 우리 회사에도 몇 명 근무하고 있음을 고백한다.

그러나 이런 사원은 오래도록 한 회사에 근무하더라도 일반 사원과 중역 사이에 있는 엄연한 경계를 넘을 수 없는 절대적인 한계를 가지고 있다.

이러한 사람들이란, 내가 확신을 가지고 하는 말이지만 주말이 되면 지하철 값이 없어서 아들의 저금통까지 깨뜨리는 우매한 일을 일삼는다.

또한 이들에게 사업 자금을 융통해 주어도 얼마 안 되어 밑천까지 날리는 것이 십중팔구이다. 이렇듯 자기가 처해 있는 환경 속에서 최선을 다할 때만이 비로소 육감이 살아있다는 증거가 된다.

Letter___10

타인의 시선 때문에 자기를 망쳐서는 안 된다

이런 말을 하면 너 역시 나름대로의 지식과 경험에 의해 아버지는 아무것도 모르고 있다든가, 친구들이 하고 있는 행동을 따라 할 뿐이라든가, 아버지가 젊었을 때와는 시대가 다르다는 변명쯤은 할 수 있다.

하지만, 그런 것은 무의미할 뿐이다. 어느 시대이던간에 젊은이가 할 수 없는 바보 같은 짓은 먼 옛날 아담 시절에나 있었던 일이며, 정규교육을 마무리 짓는 대학생활에 이르기까지 인생의 본질에 아무런 변화를 줄 수 없는 장식품과 같은 것이 아니겠니?

그와 같은 자를 시장에서는 '촌뜨기'라고 부르고 있지만, 거리 이곳저곳에 그런 무리는 넘치고 있다. 하지만 스스로 생각하고 판단하여 확신을 가지고 소맥 시장에서 백 달러나 값이 폭등했을 때 회사 임직원 모두가 더 값이 오르기를 기다리자고 소란을 피우더라도 소신을 굽히지 않고 공매를 하는 인물이야말로 나이 40대 초반에 중역 자리에 오를 수 있는 능력을 지니고 있다고 보아야 한다.

우리 회사의 식품가공 공장 입구 바로 옆에 작은 축사가 한 채 서 있고 늙은 황소가 반쯤 누워서 시간을 보내기 위해 주변을 바라보고 있는 촌노처럼 슬픈 눈으로 마른 건초 몇 가닥을 되씹고 있다. 공장을 방문하는 사람에게는 이렇듯 볼품 없는 늙은 소에 대해 아무런 흥미도 보이지 않는다. 물론 당연한 처사다.

그러나 바야흐로 통조림을 제조하는 단계가 되면 목부가 한 떼의 소무리를 그 늙은 황소가 있는 쪽으로 몰아가면 기다렸다는 듯이 마법과 같은 힘으로 꼬리를 저으며 교묘하게 무리를 유도하여 통로를 따라 오르기 시작한다.

마치 그 광경은 통로 끝 저쪽에 무엇인가 소들에게 큰 흥미거리를 구경시켜 주기 위해 몰려가는 모습과 흡사하다.

하지만 통로를 다 올라간 소들은 곧바로 통조림 가공 공장 안으로 사라진다. 그러나 통로를 인도해 간 그 늙은 황소는 뒷광경이 어떻게 변하는지 알 바가 없다. 자기가 인도해 온 소들에게 재난이 떨어질 무렵에는 이미 그 장소에서 모습을 감추어 버린다.

젊은이들이 모여 있는 장소에도 이 늙은 황소와 같은 인물이 있게 마련이다. 만약 네 친구들 중에 그와 같은 인물이 있으면 너는 서슴없이 그들로부터 떨어져 나오거나 가까이 해서는 안 된다. 혼자 있는 편이 안전하다.

그리고 일상생활 속에서 상식, 주의력, 양식을 적절히 사용해 보아라. 이 세 가지가 조화를 이룰 때 삶의 필수품으로써 가치가 나타나며, 다른 지식도 얻을 수 있다. 이러한 자기 발견은 젊었을 때부터 훈련을 통해 습득해 두지 않으면 안 되는 귀중한 것들이다. 나이먹은 사람들에게는 쉽게 얻을 수 없는 감각적인 능력이다.

만약에 지금까지 내가 한 말을 네가 이미 생각하고 실천에 옮기고 있다면 답장을 쓰지 않아도 좋다. 앞으로 네 경비 지출 명세서를 보면 알 수 있을 터이니까.

그러면 이것으로 당분간은 이별을 하기로 하자. 때때로 생각해 보면 우리 인생이란 한 장의 편지조차 한가로이 쓸 수 없는 짧은 예정된 시간 속에서 살고 있는 듯하다. 뉴욕에서 걸려온 전화가 나를 부르고 있구나.

Letter___11

'기계적으로 생각할 뿐이다'는 머리라면 버려라

네 편지를 받고 실망이 먼저 앞섰다. 왜냐 하면 내가 판단하기에 대학원에 진학한다는 것이 네 일생에 아무 도움이 되지 않으리라고 생각되기 때문이다. 처음부터 너는 교수나 시인을 꿈꾸지 않고 사업가의 길을 선택하지 않았느냐?

그렇다면 우리 회사야말로 네가 졸업 후에 삶의 터전으로 기꺼이 도전해 볼 만한 곳이 아니겠느냐. 물론 이 세상에서 모든 지식은 책을 통해 배우는 자가 있는가 하면, 생활 속에서 직접 몸으로 습득하는 사람도 있다. 하지만 그것만으로는 어느 쪽도 만족할 만한 전문적인 지식은 쌓을 수 없다.

전자는 관념적으로 사물을 판단할 뿐이고, 후자는 경험

만으로 모든 것을 해결하는 결점이 있다. 치열한 경쟁 사회에서 자기 자신을 보호하고 성공한다는 것은 완벽한 이론을 갖추고 또 그것을 실생활에 조화있게 적용하는 사람이다. 지금이야말로 인류문명의 역사로부터 경영학에 이르기까지 네가 많은 노력을 기울여 배워온 모든 지식을 활용할 기회가 아니겠느냐?

어쨌든 문안 작성의 실력을 발휘할 수 있는 기회란 여기서는 광고문을 작성할 때이고, 상품에 이름을 붙이는 일은 주보건국으로부터 그 용도 폐기 명령을 받았을 때 정도이지만, 그럴 수록 대학에서 배운 지식은 알게 모르게 단체생활을 통해 나타나기 마련이다. 한편 부족한 지식은 경험을 통해서나 일이 끝난 후에 서적을 탐독하여 필요한 기술을 얻을 수 있다.

무엇보다도 가장 중요한 점은 신중히 생각하고 판단해서 맡은 업무를 충실하게 시작하는 일이다. 그런 능력을 이해시키기 위해서 너를 대학까지 보낸 것이 아니겠니. 그렇다고 대학에서 배운 지식을 집으로 몽땅 가져오라는 말은 아니다. 그러나 좋은 사고적 습관만은 건전하고 참된 생활 태도와 함께 대학생활에서 몸에 지니기를 바란다.

나는 젊었을 때 우연히 탈곡기 개량에 전념하느라고 30세가 넘도록 머리에 짚검불이 늘 붙어 있어서 주위 사람들로부터 놀림을 당했지만, 결국은 그 놀림이 탈곡기 개량에 성공하여 더욱 유명해졌단다. 한 가지 일에 전념하는 창조적인 두뇌훈련은 성공의 지름길을 알려주는 등대의 불빛과 같은 것이다.

한 가지 일에 전념하는 창조적인
두뇌 훈련은 성공의 지름길을 알려주는
불빛과 같은 것이다.

Letter___12

머리가 유연할 때 응용능력을 단련시킨다

우리 세대부터 세계는 급격히 돌변하기 시작했다. 그래서 우리들이 성장할 무렵에는 변화된 것 만큼 제대로 아는 것이 없었다. 그러나 차츰 사람들은 급변하는 세계사에서 자신의 위치를 깨닫기 시작하여 삶의 질과 경영의 합리에 따른 이익을 추구하게 되었다.

그러나 우리들 세대에는 이익을 계산하는데 분수分數를 몰라도 되었지만, 지금은 몸으로 싸우는 장사꾼이라 하더라도 천문학적인 숫자까지 필요로 해서 정확하게 이익금을 계산해야 하며 필요에 따라서는 소수점 아래 다섯 자리까지 살펴보지 않으면 안 된다.

지금도 1파운드는 16온스로 변함이 없지만, 그 중에 2온스는 어느 상점에서나 포장지의 무게로 상식화되어 버렸다. 물론 성공의 기회란 지난날처럼 변함이 없지만, 구태여 비교해 본다면 옛날에는 수렵 대상이 도처에 있었으나 지금은 번성해 가는 인간의 총성에 놀라서 숲 속으로 깊숙이 숨은 수렵물이 자주 눈에 띄지 않는 차이점이 있을 뿐이다.

이렇듯 옛날에는 통용되던 성공에 이르는 정석定石도 지금은 쓸모없게 된 것이 큰 변화다.

30년 전이라면 단발식 장총으로 집 근처에서 들오리 몇 마리 정도는 잡을 수 있었다. 물론 지금도 오리를 잡을 수는 있지만, 구식 장총이 사라진지 이미 오래 전이고 망원렌즈가 장착된 사냥총을 사지 않으면 안 된다.

그것은 초기 경영 방법과 흡사하여 내가 사업을 구멍가게처럼 시작했을 무렵에는 복잡한 절차는 생략된 채, 그냥 돼지를 사육하거나 부근 마을에서 구입하여 돈육으로 만들기만 하면 상품이 되었다.

단지 소금에 절여서 건육으로 만든다든가, 설탕조림을 하는 것이 고작이고 부스러기 고기는 소시지로 가공할 뿐이었다. 그러나 지금은 한 마리의 돼지를 부위별로 백 종류나 되는 통조림을 만들어 내고, 소비자들의 기호와 편익을 위해 고도의 기술로 가공육을 대량 생산하고 있다.

이 사업을 경영하는데는 의사, 변호사, 기사, 시인 등등 그 밖의 수많은 사람들의 재능이 요구되었다. 더 발전한다면 목사의 설교까지 필요하게 될 것이 틀림없다.

그러므로 스스로 사업을 경영하려는 젊은이는 마치 사냥개의 이빨처럼 민감하게 재능을 잘 훈련해 두지 않으면 경쟁 업체에 먹혀 버리는 비참한 결과를 가져온다.

적자생존의 법칙은 이 세상의 어느 법률로도 다스릴 수 없다.

자기 자신을 세상으로부터 인정
받게 하려면 무엇보다도 신뢰에
찬 확고한 주장을 내세워야 한다.
자신의 모습을 늘 되돌아보며 거짓 없는
참모습을 보여줘야 한다.

Letter___13

매사에 부지런한 것보다 지혜로운 쪽이 더 중요하다

여기서 잠깐 우리 회사에 고용된 최초의 대졸 사원 존 노인의 아들 짐에 관해 말해 볼까 한다.

아직 회사의 규모가 작았던 초창기의 이야기다. 존 노인이라면 꽤 많은 돈으로 소맥을 매점매석했던 인물이지만, 아들에게 만큼은 철저하게 교육을 시키기 위해 대학에까지 진학시켰다. 그는 늘 아들 자랑을 했고 장래에 훌륭한 문학자가 되기를 원했다.

그러나 존 노인의 무모한 야심과 욕망, 무분별한 욕심은 결국 스스로 자멸의 무덤을 파는 행위임을 몸으로 체험하게 되었던 것이다. 배짱과 무모한 투기는 한때 그에게 많은 돈을 쥐어 줬으나, 오히려 더 큰 함정이 기다리고 있었다.

세계적인 대풍과 함께 곡물 시장의 돌연한 변동에 소맥

가격이 하루 아침에 폭락하자, 존 노인은 물론 내 친구들까지 파산하는 공경에 빠지게 되었다.

그날을 기점으로 젊은 짐은 불가불 직장을 구하지 않으면 안될 처지에 놓였다. 그의 생각대로라면 시인이 되는 일은 어차피 신이 만들어 주지 않으면 안 되었으므로, 지금은 식육 창고에서라도 막일 자리를 얻는 것이 최선이라는 생각을 굳히기까지는 오랜 시간이 걸리지 않았다.

이튿날 아침 내가 출근해 보니 소개장을 가진 짐이 일찍부터 기다리고 있었다. 자기 생각으로는 내 개인 비서라도 될 작정이었던 것 같았으나, 나는 그런 비서 따위는 곁에 둘 생각이 추호도 없었다. 그러자 이번에는 사무실에서 잡역이라도 좋으니 채용해 달라고 한사코 매달리는 것이었다.

그때 나는 이렇게 말했다.

"유감이지만, 지금 너에게 맞는 일자리가 없다. 그러나 적당한 자리가 마련되면 통고해 주마."

하지만, 그는 수세에서 물러설 기미가 아니었다.

"이 회사는 장래성이 크다고 모두들 말하더군요. 제 생각도 그렇습니다. 제발 저를 여기서 일하게 해주십시오."

짐은 결사적이었다. 그리고 한 주일에 두 번쯤 일자리가 나지 않았느냐고 꼬박꼬박 전화를 걸어올 정도였다.

이 전화 공세에 나 역시 점점 난처해져 마음이 흔들렸다. 마침내 한 달쯤이 지난 어느 날 거리에서 만난 짐을 불러세웠다. 한편으로 생각해 보면 그가 정말로 자기 말대로 우리 회사에서 일하고 싶은 것인가 하는 의구심이 없는 것은 아니었다. 게다가 그의 부친에 대한 별로 좋지 않은 감정 때문이 아닌가 하는 생각이 들어서였다.

"이봐 짐! 아직도 일해 볼 생각에는 변함이 없나?"

하고 나는 물었다.

"물론입니다."

그는 기다렸다는 듯이 전광석화처럼 대답했다.

"그렇다면 자네 일자리에 대해 의논하고 싶군. 내 사무실에는 마땅한 자리가 없네. 화물 잡부 한 명을 고용하고 싶은 참이었는데, 자네 생각은 어떤가?"

이것으로 짐이 다시는 성가시게 굴지 않을 거라는 생각에서였다. 물론 그때 도살된 우육을 냉동차에 싣거나 하는 인부가 필요한 것은 사실이다. 그런데 뜻밖에도 짐은 서슴없이 대답하는 것이 아닌가.

"고맙습니다. 어디에 신청하면 되겠습니까?"

너무 간단하게 즉석에서 결정해 버리는 그를 보고 나는 이 일에 그가 적합하지 않다고 생각하였으나 분명한 약속이었으므로 얼마나 견딜까 하는 의구심을 품은 채 반신반의하지 않을 수 없었다. 그러나 그런 기색을 조금도 내보이지 않고 나는 현장 주임의 이름을 가르쳐 주고 빨리 가보도록 했다. 그리고 한편으로는 힘겨운 일을 많이 주라고 지시해 놓았다.

그로부터 3개월이 지나는 동안 나는 짐에 관해서 완전히 잊고 있었다. 그런데 어느 날 업무보고서에 짐에게 새로운 직무를 부여하고 따라서 급료를 올려주기 바란다는 상신이 품위되었다. 그 보고서에 의하면 그는 작업의 합리화 같은 지침을 고안해 냈다는 것이다.

드럼통을 굴려서 힘겹게 차에 싣거나 내리는 불합리한 작업에서 벗어나 손쉽게 싣고 내리는 방안을 개발했다는 것이다. 그것은 로프웨이의 일종이라고도 할 수 있는 방법으로 통을 로프에 매달아서 창고에서 직접 트럭에 싣도록 고안되어 있었다.

더욱이 이 방법이라면 십여 명의 작업원이 필요했던 것이 단 두세 사람으로 작업을 끝낼 수 있는 획기적인 방안이었다. 바로 내가 생각하고 있었던 그대로였다. 짐은 우리 회사의 경비를 대폭 절감하게 해준 공로자로 변신한 것이다.

그래서 나는 그의 봉급을 올리고 작업 시간의 관리 및 감독 보조의 새 임무를 주었다.

짐은 처음에 부지런하고 성실하게 근무하는 듯싶더니 삼사 개월이 지나자 발이라도 아픈 지 차츰 일을 게을리하기 시작했다. 원인을 살펴보니까 어디선가 자동등록기 이야기를 듣고 온듯 이 기계를 사용하면 작업 시간을 단축시킬 수 있음은 물론 관리부는 기계를 작동하는 사람 이외에는 거의 전원이 불필요하다는 주장이었다.

결국 짐은 주임의 뒤를 쫓아다니면서 기계 도입에 결정적인 역할을 하도록 만들었다. 이번에도 그는 경비 절감 효과를 창출했으므로 승급을 상신해 왔고 나 역시도 즉시 결재해 주었다. 이 무렵부터 나는 짐에 대한 흥미를 갖고 주의 깊게 살펴보기 시작했다. 그래서 나는 그를 사무직 근무로 명하고 회신장 쓰는 업무를 맡겼다.

그 무렵 우리 회사에는 각 거래처에 매일매일 많은 양의 서신을 보내고 있었다. 타이프라이터가 아직 시험 단계에 있을 무렵이어서 그는 한 달로 채 못되어 팔의 근육이 아파서 쓰는 작업을 못하게 되자, 또 무엇인가 주위 사람들에게 소곤거리기 시작했다.

우선 내가 타이프라이터를 쓰도록 유도한 다음 다른 직원들까지 동원해서 마침내 내 앞에서 시험 타자에 성공했다. 이번에는 짐이 요구하기 전에 봉급을 올려주고 그에게 새로운 업무를 부여했다.

그것은 우리 회사의 신개발품인 '우육 엑키스'를 거래처에 소개하고 판매하는 일로 출장을 보냈다.

짐은 월 2회에 걸쳐 출장 판매를 떠났지만, 두 번 다 공장을 가동시킬 만큼의 주문을 받지 못하고 곧바로 내 방으로 찾아와서는 우리 회사의 경영과 관리 체재에 문제가 있다고 긴 시간 동안 연설조로 말하는 것이었다.

그의 말에 따르면 기획 상품은 소비자에게 직접 광고를 하지 않으면 안 되며, 회사 쪽에서 일방적으로 각 도매상 및 유통업체에 판매하는 것이 아니라, 그들의 주문에 의해서 대금을 받고 물품을 보내주어야 한다는 취지였다.

이것은 과연 짐이 주장할 만한 의견이었지만, 그 당시의 나로서는 너무나 터무니 없는 말이어서 그냥 웃어넘길 수밖에 없었다. 더구나 그가 말하는 광고 전략은 생소한 것이어서 나와 같은 주먹구구식의 소업주에게는 엄두도 못낼 일이었기 때문이다.

그러나 짐은 굽히지 않고 출장 중간에도 누누이 광고의 필요성을 보고해 왔기 때문에 나도 그를 지방 판매책에서 내근으로 돌리고 의견을 들어주기로 마음먹고 광고 업무를 담당시켰다.

처음에 짐이 하는 일이란 모두 내 기분을 상하게 했고,

눈살을 찌푸리게 해 견딜 수가 없었다.

마침내 그는 자기가 가장 흥미를 갖고 있는 업무—돈 쓰는 일—를 맡게 되었다. 그리하여 나는 그가 회사돈을 마음대로 낭비하고 있다는 경우에까지 이르게 되었다.

짐은 매일 새로운 일을 생각해 냈지만, 그때마다 비례하여 회사의 부담은 증가했다. 이윽고 나도 그에 따른 재정 손실을 묵과할 수만 없어서 그를 면직시키기로 결심을 굳혔다.

그러나 다행스럽게도 그가 담당했던 광고 효과가 나타나자 주문이 쇄도하기 시작했다. 그리하여 짐은 면직 일보직전에서 보류되었다.

그런 일이 있은 뒤에도 짐은 거침없이 회사의 경비를 배가시켰으나, 결국 나는 묵인할 수밖에 없었다. 다른 상품도 주문양이 늘어가자 자연스럽게 회사에서의 그의 지위는 날로 올라갔고 확고한 위치에 놓이게 되었다.

짐은 매사에 흔들림없이 업무를 개선해 나갔지만, 그것은 전혀 새로운 방법이었다. 그 무렵의 나는 진취력이 부족하고 소규모 업주로서 생각하는 폭이 좁았던 것이다. 그래서 새로운 교육을 받은 짐의 창조력이 좋은 방법인지 어떤지를 제대로 판단할 수 있는 능력이 부족했던 것이다.

하지만, 비로소 그때 대학과 사업과의 연계성을 이해하

게 되었음을 고백하지 않을 수 없다. 그 후부터 나는 고학력의 신규 사원을 채용하게 되었고, 지금에 이르러서는 사고하는 훈련이 잘 되어 있는 사람일수록 승급하는 기준을 삼아 고가 점수를 주게 되었다.

심사숙고해서 실행에 옮기지 않는 자는 비능률적이고 판단력까지 부족하여 결정적인 단계에 이르면 아무것도 하지 못하는 무능력한 사원으로 퇴출을 당한다.

이렇게 교육의 필요성을 잘 알고 있으면서 왜 대학원에 진학하는 것을 반대하냐고 너는 자신있게 말하겠지. 그러나 깊이 생각하고 판단하는 습관은 꼭 대학교육을 받아야 몸에 지니게 되는 것은 아니다.

이것은 자기의 노력과 태도에 달려 있다고 나는 생각한다. 좋은 사고는 성공의 터전이기 때문이다.

할 수 없다는 말을 억제할 때
비로소 가능성이 열린다.

Letter___14

내면에 충실함은 자기 발전의 원동력이다

네가 학과위원에 선발되었다든가, 급우들로부터 중요시되고 있다는 것은 반가운 소식이다. 그러나 과에서 가장 인기가 있는 자가 반드시 사업에서 성공한다는 것은 아니지만, 그만한 인기를 유지하려면 꽤 많은 시간과 비용·노력을 소모하지 않으면 효과를 기대할 수 없지 않겠니?

지난 부활절에 잠시 귀향했을 때 너는 담배를 피우고 옷차림도 다소 섬세하리만큼 화려해 보였다. 물론 눈꼬리를 세울 정도는 아니었지만, 그 나이쯤이면 그럴만하다고 탓하지 않았다.

물론 나는 면접 때 화려한 복장의 인물은 사원으로 채용하지 않고 있으며 회사 내에 금연 표지가 없는 곳은 비료공장 공터 밖에 없다.

이런 주문은 그냥 노파심에서 곁들여 하는 말이니까 너무 신경을 쓰지 말기를 바란다.

어쨌든 나는 너의 마음가짐과 인격자의 양심을 진심으로 믿고 있다. 대학 졸업만으로 회사의 경영은 충분하다고 생각하고 있는 이유를 더 이상 지루하게 설명하지 않더라도 너라면 충분히 이해할 수 있을 것이다.

회사 경영자는 전문 분야의 학자나 연구자가 아님을 강조하고 싶을 뿐이다. 경영자란 고독한 직업인임을 생각해 보아라.

인간의 가치를 정하는 것은 마음이다.
직업이나 직함으로 자기의 가치가
정해진다고 생각하는 어리석음은
실로 슬퍼해야 할 착각이다. 그러나
가장 어리석고 치명적인 잘못은 재력이
어느 정도인가에 비례하여 자기의 값어치가
정해진다고 하는 졸부 근성이다.

Letter___15

사업과 개인 생활은 요령에 따라 달라진다

7일이란 일부인이 찍혀 있는 네 편지의 내용은 마치 강아지가 제 꼬리를 잡으려고 몸을 요리조리 돌리는 것처럼 종잡을 수가 없었다.

그러나 투우장과 같은 아버지 회사에 입사하기 전에 2~3개월 동안 유럽 지방을 여행하고 싶다는 너의 뜻을 조금은 이해하기로 마음먹었다.

물론 너도 이미 성년이 되었고, 자기의 시간을 어떻게 활용하면 좋은가 하는 배려는 어느 누구보다도 자신이 가장 잘 알고 있을 거라고 생각하지만, 일반적으로 22세의 심신이 건강한 젊은이가 이제까지 한 번도 자기 손으로 돈을 벌어본 적이 없는 무일푼이라면, 지금 당장 일자리를 구한다 하더라도 결코 빠른 편은 아니다.

그리고 이 일에 관해서 너에게 분명히 말해 두고 싶은 것은 이미 회사 경리부에 7월 15일 이후부터는 송금을 일체 중단하도록 지시해 놓았다.

아직도 너에게는 2주일이라는 휴가 기간이 주어져 있다. 이만하면 병든 아이도 회복할 수 있는 기간이라고 생각한다. 언제든지 자기에게 주어진 시간을 유용하게 사용할 줄 모르는 게으름뱅이라면 더 게으름을 부리기에 알맞는 시간이다.

휴가를 받지 못한 채 격무에 시달려 과로로 쓰러진 사람들의 이야기는 나도 들어서 잘 알고 있다. 그러나 그것은 개개인의 근심거리나 지나친 알콜 때문에 목숨을 잃는 지경에까지 이르지 않았나 하는 생각이 든다. 건강을 해치는 원인은 근무 시간의 과다한 업무에 있는 것이 아니라 퇴근 이후에 더 문제가 있는 것 같다.

인간과 일의 관계는 작업장에서의 친구나 동기처럼 우애를 서로 필요로 하고 있으나 일단 작업장을 나서면 적과 대처하는 자세가 되어야 한다.

특별한 경우를 빼놓고 귀가 후에는 직장의 일은 깨끗이 잊어버리고, 이튿날 출근할 때까지 적당히 피로를 풀고 긴장을 해소시키는 취미생활 속에서 에너지 축적에 노력해야 한다. 이것이 직장인에게는 무엇보다도 중요한 자기 관리이다.

우리 주위에는 퇴근 시간 후에도 그대로 회사에 남아서 젊은 사원들을 모아놓고 야단 법석을 떠는 경영자가 있는가 하면, 집에 돌아가서까지 회사일 때문에 잠도 제대로 못 자는 중견 사원도 있다.

어느 쪽도 경영자이거나 사원 모두가 실격자다. 이러한 사람들은 언제나 휴식과 휴가가 필요하다고 입버릇처럼 말하고 있지만, 막상 그와 같은 시간이 그들에게 주어진다고 하더라도 아무것도 얻지 못한다.

물론 1년에 한 번쯤 생활을 바꿔보는 일은 확실히 누구에게나 필요하지만, 즉 일년 내내 계속 책상 앞에 앉아서 변변치 않은 식사와 값싼 포도주만으로 생활해 온 사람이라면 절대적으로 휴식을 취하기 위해 일정한 시간 동안은 낚시를 즐기고 영양이 풍부한 식사와 산책을 하면서 심신의 피로를 풀어야 함은 두말할 필요가 없다.

너는 지금까지 하버드 대학에서 젊음과 여유, 낭만을 즐길 수 있는 생활을 보냈으며, 어느 정도 네 나름대로의 목표를 세웠을 것이다.

하지만, 이제부터는 아버지 회사에 신입사원으로 입사하여 근무하게 되더라도 건강을 유지하기 위해 유별난 생활의 변화가 있어서는 안 됨을 명심하기 바란다.

어차피 너도 알게 되리라고 생각하지만, 무엇이든 사무적으로 주어지는 일이라면, 더구나 신속과 정확함을 요구하는 긴급 사항이라면 재빨리 업무를 파악하여 미루지 말고 상사의 지시에 따라야 한다.

일을 자신의 기분에 의해 처리해서는 안 된다. 회사 업무는 나에게 싫든 좋든간에 주어지며, 맡은 일에 권태감을 느낄 때가 바로 직장 생활에 있어서의 적신호임을 깨닫고 재빨리 대처하지 않으면 무능 사원으로 전락해 버린다.

무능한 사원은 들판 한가운데서 무엇인가 사냥할 것이 없을까 총을 들고 바삐 쫓아다닐 때, 부근에 있던 다른 농부가 돌팔매로 잡는 바람에 빼앗겨 버린 자와 같다.

과연 성공이란 늙은 까마귀처럼 잡기 어려운 목표인가를 때때로 반성해 보아라.

무능한 사원의 모습은 들판
한가운데서 무엇인가 사냥할 것이
없을까 총을 들고 바삐 쫓아다닐
때, 부근에 있던 다른 농부가 돌팔매로
잡는 바람에 빼앗겨 버린 자와 같다.

Letter___16

싫은 일, 복잡한 일부터 먼저 해결하는 습관을 기른다

젊지만 일정한 직업이 없었던 무렵의 나는 먼저 눈앞에 놓인 일을 해결하고, 그것을 발판으로 해서 다시 큰 일을 찾아 내곤 했다.

그것은 지렁이로 작은 고기를 낚고, 그 작은 고기를 미끼로 사용하여 또 다른 큰 고기를 잡는 이치와 같다. 가끔 기름진 고기를 낚으면 물개가 따라온다. 그러면 서슴없이 총을 쏘아 물개를 잡아서 훌륭한 가죽을 얻으면 된다는 삶의 지혜를 들려주고 싶다.

물론 네가 우리 회사에 취업을 하지 못할 것이라는 우려는 있을 수 없겠지. 오히려 네가 부모가 경영하는 회사에서 일할 수 없다고 선언할까봐 다소 불안한 것이 솔직한 내 마음이다.

나는 너를 내 곁에 두고 채찍질을 하여 인생에서 뒷걸음질치는 자식으로 만들고 싶지 않다는 평범한 부모의 노파심에서 잔소리 아닌 충고와 부탁을 깨닫기 바란다.

무엇보다도 너에게 당부하고 싶은 말은 그때그때 처리해야 할 일을 미루면 간단한 업무라도 어려워지고 시간이 흐를수록 복잡하게 되어 나중에는 도저히 혼자서는 감당할 수 없게 된다는 점이다.

옛날, 나는 인디애나에서 딕이라는 사람이 운영하고 있는 가게 점원으로 일한 적이 있었다. 이 가게 주인처럼 무슨 일이든 간에 바쁜 것이 없고 매사를 하루하루 미루는 사람은 두 번 다시 본 적이 없을 정도였다.

딕은 대식가여서 식사시간을 가장 즐거워 하지만, 천성적으로 게을러 침대에서 맞은 아침 시간을 누워서 보내다가 아내의 성화에 거의 점심 무렵에야 자리에서 일어나므로 하루에 두 번밖에는 식사를 하지 못했다.

그는 또 신앙심은 매우 깊었으나 늦잠을 자느라고 아침예배에 참석하지 못하는가 하면 일요일에는 예배시간까지 놓치는 경우가 허다 하여 교회에서조차 파문당하고 말았다.

내가 처음 근무를 시작할 무렵에는 그런대로 비교적 활발하게 장사를 하고 있었지만, 신용할 수 없는 점원의 해고를 차일피일 미루다가 많은 돈을 가지고 잠적해 버리고 난 뒤에야 후회하고 유능한 사무원의 승급을 등한시하다가 경쟁 상대에게 빼앗겨 버리는 잘못을 범하곤 했다.

매사가 이런 식이어서 청구서를 받으면 현금 지불하는 것이 아까워서 어음으로 대체하여 신용을 떨어뜨려 물품 구입하는데 많은 어려움을 겪곤 했다.

장사는 필요한 물건을 제대로 공급 받지 못하면 어떻게 되는 지 너도 짐작할 수 있을 것이다.

마치 이런 행위는 보안관을 상속인으로 해서 유언장을 쓰고 그 뒤에다 이 보안관이 유산을 받을 수 있도록 자살해 주는 것과 같다.

그 후 딕의 소식을 들은 것은 이미 그가 73세의 나이로 죽기 얼마 전이었다. 벌써 30년이란 세월이 흘렀다.

딕에 관한 긴 이야기를 했지만, 중요한 것은 습관이 한 사람의 인생을 좌우하는데 얼마나 중요한 역할을 하는가를 이해했으리라 믿는다.

비바람을 맞지 않고는 무지개를
볼 수 없다. 실패 속에서 스스로를 돌아보고
현실을 받아들여라.

Letter___17

발밑을 힘껏 딛고 팔을 벌리면 속도가 달라진다

과오는 누구나 범하는 실수이니까, 한 번은 변명을 해도 좋다. 그러나 단 한 번으로 만족해야 한다. 두 번 다시 똑같은 과오를 저지른 자는 자기의 잘못을 시인하고 주의력 부족과 오만했음을 자책하는 깊은 반성의 마음가짐이 필요하다.

아버지는 너를 대학에 보냈을 때 간혹 어리석은 행동을 저지를 것이라는 각오를 하고 있었기 때문에 한 번도 너에 대해서 불만을 표시하거나 실망한 적은 없었다.

그렇지만, 네가 여러 가지로 실망시키는 행동을 할 때마다 그 회수가 이번만으로 끝내주었으면 하는 마음은 간절했다. 그 때마다 너는 상상력이 너무 풍부한 것이 아닌가, 아니면 정서적인 면이 부족한 것인가 하고 세심한 관찰을 기울였다. 사실 이것은 부모의 중요한 관심사이며 마음의 흐름이다.

네가 유럽 여행을 하는 동안 여러 나라의 국민성과 특이한 풍습을 만나게 될 때, 지금과는 전혀 다른 삶의 각도에서 사물을 포착할 수 있었을 것이다. 좀더 냉철한 판단력을 가지고 갈고 닦은 지혜에 훌륭한 사고의 옷을 입혀 돌아올 무렵에는 현명한 자세로 외국에 나가지 않아도 자기 사업에 열중하는 사람들을 존경의 눈으로 바라보는 안목을 갖기 바란다.

네 편지의 내용으로 보아 지구의 뒤쪽에서 이삼 개월 동안 머물러 있으면 세련된 분위기를 가지고 돌아올 수 있을 거라고 생각하고 있는 듯하다.

현재 그런 마음가짐을 지니고 있는 너에게 비관적인 말을 하고 싶지는 않지만 대학을 졸업한 후, 너와 같은 생각으로 바다를 건너간 많은 젊은이들이 몸에 맞지 않는, 격에 전혀 어울리지 않는 옷으로 꽉 채운 트렁크 몇 개를 들고 귀향하는 모습을 자주 보아왔다.

문화란 기후의 차이와 같은 것이 아니다. 브라우닝의 시에 묘사되어 있는 풍경이라면 영국보다도 미시시피강 유역의 한구석이 더 아름답게 우리의 마음을 사로잡을 수 있다. 또한 미술 소재도 파리 거리보다 5대호를 끼고 있는 작은 도시의 거리들이 더 풍부하다는 것을 염두에 두기 바란다.

나 역시도 지난 날 유럽을 여행한 일이 있었다. 시카고를 떠나자 웬일인지 기분이 좋지 않았고 돌아올 때도 편한 마음이 아니었다. 여행길에서 병을 얻었기 때문이다.

또 런던에서는 내 인생 처음으로 경험한 일이지만, 그들에게는 좋은(?) 고객이 된 셈이다.

어떤 상점에 들어갔는데, 내가 들어서자마자 점원들이 일제히 일손을 놓고 미국 사람인 것을 알아차리고는 높은 가격표로 갈아붙인 다음, 지금 사지 않으면 손해를 본다고 한사코 설득하는 것이었다.

지배인인 듯한 자가 "당신 같은 사람에게는 절대로 거짓말을 하지 않습니다."라고 몇 번이나 강조하는 것이 아닌가.

나는 그들의 말을 그대로 믿고 그곳에서 취급하고 있는 그림—거장의 작품이라고 했다—을 두 장 샀다. 너도 알고 있겠지만, 회사 안내실에 걸려 있는 그림이 바로 그 물건이다.

그러나 귀국해서 이 그림이 파리에 공부하러 와 있던 유학생들이 그린 모조품이라는 사실을 알았다. 내가 아직까지 이 졸작품을 버리지 않고 걸어두고 있는 가장 큰 이유는 이 그림을 샀을 때의 미국인만큼 바보가 없다는 것을 반성하고 회상하기 위해서이다.

자, 그럼 결론을 말하기로 하자. 네가 우리 회사에서 2~3년 동안 일을 하고 하버드의 다른 학생들보다 더 높은 긍지를 갖게 된 뒤라면 나는 아무 걱정도 하지 않겠다.

만약 더 넓은 세계를 알고 싶다면 너 역시 풍부한 경험을 쌓고 성장한 뒤에 남과 나를 비교해 보는 안목이 필요할 것이다.

지금 당분간은 스스로 내일을 위해 기다리면서 승자의 편에 가담해 주지 않으면 안 된다.

상식이 있으면 매사에 현명한 행동을
취할 수 있으며 상황에 맞추어
사회적으로 인정받을 수 있는 처신을
할 수 있다. 그것은 감정이나 편견에
얽매이지 않고 이성을 작용시키는 일이다.

Letter___18

자기 실현을 위한 기본 법칙을 확고히 하라

네가 지난 4일에 보낸 편지는 능란하리 만큼 잘 정돈된 내용이었다. 불필요한 낱말은 과감히 생략한 채 지금까지 너에게서 받은 어떤 글 중에서도 가장 잘 쓴 것으로 평가해 주고 싶다.

전에 어디선가 읽은 글 중에서 세상에는 자기가 저지른 잘못을 숨기기 위해서 쓸데 없는 말을 장황하게 늘어놓는다고 하는 대목이 기억난다.

사람이 사회생활을 하면서 행하는 일에는 그것을 다루는 일정한 규율이 정해져 있음을 상기하기 바란다. 무엇보다도 비즈니스맨의 대화에 있어서의 그 빈도는 가장 짧고 간단 명료해야 한다는 사실이다.

—무슨 말을 할 것인가를 먼저 생각하라.

—생각한 것을 간단 명료하게 말하라.
—말이 끝났으면 입을 굳게 다물어라.
이상과 같다.

자기가 지금 상대편에게 무슨 말을 하고 있는지도 모른 체 횡설수설한다든지, 할 말을 다 하고서도 필요없는 말을 계속 중언 부언해서는 안 된다.

직장에서의 문서 작성은 되도록 짧게 명료하게 끝마쳐야 한다. 전문이나 통지문은 더욱 설득력 있고 스피드한 글로 구성하는 문장력을 기르는데 힘쓰도록 노력하여라.

모범적인 문장의 기초는 평소
친구 사이에 편지를 주고받는
가장 바람직한 방법이다. 그때그때
생긴 일을 편지 내용으로 써서 주고 받는
것도 문장력 향상을 위해 권하고 싶다.

Letter___19

승마 경기에서 배우는 승진법

비즈니스맨의 첫 출발은 경주마를 본보기로 해서 직장생활을 해 나가면 좋을 것이다.

우선 경기를 시작하기 전에 적당한 워밍업을 하듯 가벼운 운동을 할 일이다. 그러나 땀이 나도록 무리해서는 오히려 경기에 지장을 준다.

시합 전의 가벼운 운동은 몸을 유연하게 만들고 의욕을 높여준다. 물론 출발점에서 신호를 무시하고 남들보다 먼저 뛰쳐나가는 과오를 범한다면 탈락이다.

제1코너까지는 안전하고 확실한 발걸음으로 달린다. 이 시점에는 아직 득점을 올리려고 서두르는 행동은 절대 금물이다.

제2코너까지는 힘을 너무 소비하지 않도록 페이스를 조

절한다. 그러나 선두 주자와 거리가 너무 떨어져서는 안 된다.

제3코너에 접어들면 서서히 속력을 내어 혼전 상태에서 한 걸음 앞선다. 그리고 최후의 직선 코스에서는 온 힘을 다해 마지막 고올을 향해 질주한다.

달리고 있는 동안에 두 눈은 똑바로 앞을 주시하고 관중들의 작은 움직임에 위축되어서는 안 된다. 머리는 곧게 세우고 정확한 보폭을 유지해야 추격자를 따돌릴 수 있다. 만일 너에게 우승마의 사진이 있다면 그 늠름한 승자의 모습을 참고로 하면 도움이 될 것이다.

회사의 연도말이나 회기말에 누구를 승진시키고 거기에 합당한 급료를 지급할 것인가를 결정하게 될 때 이와 같은 자세의 너를 보고 싶은 것이다.

'아무튼 해 본다' '우선 손을 대보겠다'는
작은 결심이 때로는 큰 결과를 가져온다.

Letter____20

일과 사랑을 구별할 때 능력을 인정 받는다

세상에는 자기 자식에 대한 지나친 애정 속에 과대평가하여 어버이로서의 판단을 흐리게 하는 경우가 많다.

나 역시 예외는 아니어서 남의 귀에 들리지 않도록 너에 대한 높은 평가를 기대하고 있다는 마음은 솔직한 고백이다. 회사측 역시 마찬가지다.

그러므로 너는 우리 회사에 입사하는 날부터 착실한 모범사원으로 근무해 주기 바란다.

그러기 위해서는 무엇보다도 처음이 중요하다. 좋은 첫 인상이 필요하다는 점에서는 일도 사랑도 똑같다. 그러나 소설에서는 첫 눈에 반하는 장면이 많지만 회사에서는 그런 사건은 절대로 일어나지 않는다.

자기 적성에 맞는 일을 얻는 것은, 자기 마음에 드는 연인을 만날 때와 같이 오랜 시간 전심전력으로 일에 묻혀 사는 자만이 누릴 수 있는 혜택이다. 쉽게 말해서 남보다 일찍 출근하여 그날의 일과를 미리 준비하여 작은 일에도 착오가 없도록 해야 하며, 퇴근 후에도 마무리를 꼼꼼히 해놓지 않으면 차질이 생긴다.

이 세상에는 이쪽에서 먼저 부르지 않으면 찾아오는 고객이 없고, 또한 그것만으로 만족할 수가 없어 자기편에서 직접 찾아가지 않으면 안 되는 것이 보통이다.

이번 '월드럴'사의 젊고 우수한 사원들이 소비자들의 입맛을 돋구는 쇠고기 통조림 제조 방법을 개발했는데, 사실은 진짜 쇠고기가 한 점도 들어있지 않는 콩으로 가공된 것이었다. 또한 우리 회사 제품인 인조 버터 역시 클로버 향기가 첨가되어 시적 후각을 상품의 모델로 삼고 있다.

이와같이 세상에는 무엇이든지 대용품이 있게 마련이다. 그러나 일의 대용품으로 통용되는 상품은 어디에도 없다. 이것을 발견하는 자에게 상을 주려고 해도 누구 하나 발견하지 못하고 있단다. 자기에게 주어진 일에 최선을 다 하는 자만이 진정한 연인을 구할 수 있는 것이다. 이것이 사업과 사랑의 법칙이다.

Letter___21

꾸준한 노력보다 더 좋은 지혜는 없다

옛날의 낡은 이야기가 되겠지만, 내가 제닝스 노인이 경영하고 있는 회사에 판매 직원으로 일하면서 은행에 겨우 1천 달러를 저축했을 때의 일이다.

그 당시 나로서는 대단한 액수의 돈이었다. 한 번 예금하는 금액은 늘 1 달러 내외였으니까, 너도 짐작할 수 있을 것이다. 그 1달러 주화 하나하나에는 내가 이빨로 깨물어서 상처를 낸 흔적이 새겨져 있기 때문이다.

그 무렵의 나는 찰리라는 건어물상 점원과 함께 자취 생활을 하고 있었는데, 그는 어떻게 해서든지 부자가 되고 싶은 야망에 불탔다. 그러나 불행하게도 자기의 일에 몰두하면 성공할 수 있다는 평범한 진리를 믿지 않았으며, 소문에 의하면 선친의 유산을 상속 받은 어느 미망인으로부터 성실한 태도를 보여줌으로써 상당한 돈을 받고 있다는 것이다.

물론 건어물상에서 급료로 받는 돈은 아니었지만, 수단과 방법을 가리지 않고 다소의 돈을 수중에 넣자, 그는 남자답게 행동했다.

어느 화요일 밤이었던가 기억된다. 그의 급료는 매주 토요일이었는데, 그는 밤 외출도 삼가한 채 사업으로 목돈을 잡으려고 계획을 세우고 있었다. 어느 대중잡지였다고 생각되는데 아무 준비도 없이 구독 광고부터 게재했다.

그러나 책을 만들기도 전에 구독자가 몰려왔으므로 모두 그대로 돌려보내지 않을 수 없었다. 거기에 대한 지식과 시설을 활용할 수 없었던 그로서는 엄두도 못낼 사업이었다.

다음에 생각한 것이 소맥 투기 조직을 만들어서 세계 제일의 쿠후왕의 피라미드까지도 접시에 담겨 있는 5센트 짜리 아이스크림 정도로 밖에 안 보일 때까지 소맥을 사들였다가 값이 최고로 오르면 일시에 되팔아버린다는 구상이었다.

이 사업을 시작하려면 그 당시의 돈으로 몇 백 달러가 부족했던 모양인지 나에게 출자를 권유하는 것이었다.

이 글에서 분명히 말해 두지만, 어떤 사람이 많은 돈을 벌 수 있는 사업 계획이 있다며 접근해 오거든 아무리 좋은 이야기일지라도 귀를 막고 빨리 그 장소를 떠날 일이다.

그러나 나는 찰리가 자금이 모자라니까 빌려 달라고 할 때마다 거절한 적은 한 번도 없었다. 왜냐 하면 다음날 아침 늦으면 감봉을 당한다고 당황해 하는 그에게 5십 센트를 꾸어주면 해결되었으니까.

지난 어느 날인가, 바로 그 찰리가 회사로 찾아왔다. 그 역시 노년에 접어들어 허리가 굽고 건강 상태도 좋아 보이지는 않았지만 흥분하면 얼굴이 붉어지며 안면 근육이 경련을 일으키는 모습은 옛날과 다름없었다.

그러나 그의 허황된 면모는 여전했다. 지금은 자본금 몇 천만 달러를 들여 크론다강 유역에 사금 채취회사를 세워 사장 노릇을 하고 있다는 것이다. 짐작하건대 아마 혼자서 중역도, 자금 조달도, 금광 조사도 할 것이라는 생각이 들었다.

그리고 그는 1년 후에는 액면대로 받지 않으면 안 되지만, 옛날의 우정을 생각해서 1주에 5십 센트로 2천 주의 주를 양도하고 싶은데 어떠냐고 물어왔다.

옛날부터 그런 그를 달래는 방법을 잘 알고 있던 나는 약간의 실랑이 끝에 10불을 꾸어주는 형식으로 이야기를 끝냈던 것이다. 역시 그는 만족해 하며 돌아갔다.

Letter___22

여자 관계가 복잡하면 인생을 망친다

세상에는 열심히 일해서 하루에 5달러를 버는 것보다도 하룻밤 사이에 일확천금을 벌려는 사람이 더 많다. 불행하게도 젊은층에 그런 꿈을 꾸는 자가 많은 것은 세태의 변화라기엔 좀더 큰 문제가 있는 것 같다. 즉 찰리와 같은 삶의 그늘을 걷고 있는 사람들이 많다는 뜻이다.

이와 같은 사람을 고용하면 돈을 빌려주는 것보다 더 큰 손실을 입게 된다. 낮에는 회사의 돈을 벌어주고 밤에는 경영주의 돈을 빌릴 궁리를 하면 된다는 식의 재간 있는 사람을 나는 일찍이 만나본 적이 없다. 이렇듯 두 가지 일을 모두 갖고자 하는 사람은 대부분 욕심만 많고 머리가 나쁘며, 어느 한쪽에도 만족할 수 없는 사람이다.

그러므로 만약 나에게 어느 것을 선택할 것인가를 말하

라고 한다면 진정으로 회사에 필요한 사람은 머리가 나쁘더라도 성실하게 일하는 사람을 택하라고 권유하고 싶다.

내가 이 편지에서 강조하고 싶은 뜻은 만약 내 말을 그대로 수용해서 실생활에 적용시킨다면 앞으로 큰 어려움에 놓이게 될 때 그것을 해결할 수 있는 좋은 판단의 지침이 될 것이다. 이밖에도 할 말이 많으나 여기서 정리해 보기로 하자.

인생이 너무나 짧고 그 흐름이 얼마나 빠른 지, 시간에 탄환이 들어있는지 어떤지를 알고 싶을 때에는 스스로 방아쇠를 당겨서 확인해 볼 일이다. 무엇보다도 고생해서 깨달은 지혜는 네 생애를 가장 빛나게 해주는 보석들이다.

가정생활을 꾸려가는데 있어 몸을
움직이는 것보다 아무것도 하지 않는
무사 안일함이 좋으며, 근면보다 나태를,
평생동안 일하려고 하는 확실한 각오가
없는 여성은 어떤 경우에도 사회생활이나
가정 생활 모두에 부적합한 인물이다.

Letter___23

귀에 거슬리는 말일수록 좋은 약이라고 감사하라

어젯밤은 차시간이 촉박해서 너와 이야기를 나눌 여유가 없었는데, 오히려 너에게는 반성할 수 있는 좋은 기회가 되었으리라고 믿는다.

그런 너에게 또 다시 이런 글을 써서 읽게 한다는 것이 괴롭히는 일이라고 생각할지 모르나 할 말은 해야겠다.

실은 도넬리 식품회사의 사장 짐 도넬리가 어제 오후에 예고도 없이 찾아와서 그 기름기 넘치는 얼굴에 엷은 웃음을 띤 채 이렇게 말하더구나.

"당신 회사의 전용 봉투 속에 친절에 넘치는 글과 내일 밤에 공연되는 극장 초대권이 동봉되어 있어 심심한 감사를 드리지만, 먼저 번에 구입한 햄의 수량이 부족했다고 불만을 표시해 왔는데, 이것과는 아무런 관계가 없지 않습니까?"

물론 나는 재빨리 네 상사인 미리간을 불러서 근무 시간 중에 사신을 쓰고, 더구나 그것을 회사의 공문서와 함께 발송하는 바보가 있다니 웬일인가 하고 질책했다. 그러나 그는 아무 말도 하지 않았으므로 나는 자세하게 진상을 설명해 주고 그를 꾸짖었다.

그러자 그는 더 이상 참을 수 없다는 듯 그 장본인 바보의 이름을 말하는 것이 아닌가. 그 이름을 듣자, 나는 아연해질 수밖에 없었다. 그 바보가 바로 너였으니 말이다.

그 자리에서 변명조로 아직은 미숙한 풋내기여서 그랬을 거라고 얼버무려 놓았지만, 사실 나는 살얼음판을 걷는 기분이었다. 너는 나에게 크나 큰 수치감을 안겨준 것이다.

그러나 미리간이 너를 불러 도넬리 회사에 왜 그런 편지를 보냈느냐고 물으니까, 이런 대답을 했다는 후일담을 들었다.

"거래처로부터 햄이 무려 2천 3백 파운드가 부족하다는 항의를 받았을 때 견딜 수가 없었습니다. 또 너무나 사무적인 말이어서 상대방 여비서가 기분을 잡치지 않았나 해서 그랬던 것입니다."

네가 거래처 여직원에게 편지로 기분을 전환시켜 주는 것을 나쁘다고 하는 말이 아니다. 하지만 그런 일이라면 아침 8시 전이나 오후 6시 이후에 했으면 좋았을 것이라는 충고를 해주고 싶다.

네 일과 중에서 오전 8시부터 오후 6시까지는 내가 급료를 주고 산 시간이다. 즉 너는 능력과 시간을 팔아 내 돈을 받았다. 그런데 근무 시간에 자기의 사사로운 일을 위해서 30분이나 소비한 것은 극단적으로 말하면 절도죄와 다를 게 없다는 것이 내 주장이다.

너는 이해력이 빠르니까 잘 판단할 것으로 믿고 더 이상의 말은 하지 않겠다. 좋은 약은 입에 쓰고 좋은 말은 귀에 거슬리는 법이다. 명심하거라.

일을 함께 할 수 있는 상대로
알맞은 사람은 이치에 맞는 도덕심을
갖춘 냉정한 성품의
소유자로서 언제나 남을 도와주려는
친절한 태도를 가진 사람이다.

Letter___24

성공한 사람은 일을 정확하게 처리한다

사람의 두뇌는 진공 밥솥이 아니다. 즉 블로니아 소시지처럼 무엇이든지 이것저것 머리 속에 가득 채우고 일을 정확하고 빠르게 처리한다는 것은 무리다.

그 사람이 담당하고 있는 일이 보잘 것 없고 비능률적인 잡무일지라도 입으로만 할 수 있는 것은 아니다. 그것은 그 사람에게 있어서 가장 큰 보람이며 사명감을 갖고 하지 않으면 안될 책임감이 따르고 있다. 즉 일이란 기름과 같아서 일 이외의 다른 것과는 절대로 혼합되지 않는 정직성이 내재해 있단다.

이 세상의 일은 무엇이건 모두 원리 원칙이 있는 법이다. 그러므로 한 장의 우표를 붙이는 일은 몇 천만원의 돈을 움직이는 시작이라는 원리를 가지고 있음을 깨달아야 한다.

나는 젊은 사람들로부터 성공의 비결이 무엇인가를 묻는 편지를 받고 답장을 써서 보내주면 너무나 당연하기 때문에 참고가 되지 않는다고 불만이다.

그러나 이 당연한 말이 그들이 요구하고 있는 성공의 비결임을 어떻게 부인할 수 있단 말인가. 진리란 보편 타당성에 그 의미가 있는 것이 아니겠니?

그러므로 내가 한 말을 진지하게 받아들여서 자신의 삶에 슬기롭게 이용하면 성공이라고 하는 훌륭한 케익을 만들어 낼 수 있을 것이다.

이렇듯 일에 대한 기본 원칙과 도덕성을 몸에 지닌 사람이라면 믿고 큰 일을 맡겨도 안심할 수 있다. 그러나 아침에는 병든 강아지처럼 슬금슬금 회사에 출근했다가 퇴근 시간이 되자마자 호랑이처럼 날쌔게 자리를 떠서 번개처럼 사라지는 사원이라면 고객이 찾아와도 언제나 자리를 비워 책임을 다하지 못하게 된다. 또한 회사에 손해를 입히게 될 경우 자기 변명에 바쁘다.

만일 이런 사람이 요슈아에게 내려준 만능력과 같은 힘을 신으로부터 부여 받았다면, 아침에는 해 뜨는 시간을 한 시간쯤 늦추고, 저녁에는 두 시간 일몰을 빠르게 조작할 것이 틀림없다. 요주의 인물이다.

Letter___25

비장한 결단력은 성공의 지렛대이다

어렸을 때 이런 일이 있었다.

내가 살던 동네 거리에서는 매년 여름이 되면 교회 야외 집회가 성대하게 연중 행사로 열리곤 했다.

이 지방 사람이라면 누구나 다 알고 있는 매우 열성적인 설교자 후버 목사가 거리의 불량배나 교회에 나오지 않는 사람들을 상대로 악전 고투하며 전도에 열심이었다.

그 중에는 빌이라고 하는 사내가 있었는데, 그 역시도 자기가 인간의 쓰레기와 같은 존재라고 자랑 아닌 악담을 하며 떠돌이 생활을 즐기는 자였다.

후버 목사의 간곡한 권유로 야외 집회에 나와도 맨 나중에 마지못해 참석하곤 했다. 그리고 집회가 끝날 무렵이 되면 뒤도 돌아보지 않고 앞장을 서서 떠나갔다.

그리고는 자기가 끊임없이 마귀에 유혹을 받고 있으며, 창세기 이전부터 전해 오는 아담의 사악한 죄에 흠뻑 빠진 나머지 열 수 없는 통조림처럼 자기의 죄를 끄집어 낼 수 없다며 온 거리를 떠들면서 돌아다녔다.

후버 목사는 할 수 없이 집회 기일을 이삼일 더 연기하고는 빌과 같이 구원 받지 못하는 불쌍한 영혼의 미아들을 위해 특별 기도회를 열기도 했다.

그러자 빌은 그때 반짝 신앙심을 갖는가 싶은 듯하다가는 다시 방종한 생활로 되돌아가곤 했다.

이렇듯 약 10년이라는 세월을 계속 빌을 구제하려고 했으나, 오히려 상대는 당연한 일로 받아들이게 되었다.

어느 해 여름, 마침내 후버 목사는 야외 집회에 참석한 사람들을 향하여 올해는 이것으로 특별예배는 끝이라고 선언하기에 이르렀다.

정말 낙담한 얼굴 표정이란 그 때의 빌과 같은 모습을 가리켜서 한 말일 것이다. 이제부터는 야외 집회는 물론 자기를 위한 특별예배가 없어진다는 말을 듣고 놀란 그는 의자에서 벌떡 일어나 한 번만 더 집회를 열어주신다면 반드시 마음을 바로잡을 테니까 전처럼 계속해 주기를 애원했다. 그 역시도 자기를 꼭 붙잡고 놓지 않던 마귀의 손이 조금 늦춰졌는지도 모른다.

그러나 후버 목사의 결심은 변하지 않았다. 목사는 빌 덕택에 한 동네를 구원하는데 10년이란 세월을 허비하였으며, 이제부터 그의 일은 그 자신의 운명에 맡기는 편이 좋을 거라고 판단했다. 그리고 빌에게 진심으로 필요한 것은 신앙심보다는 세상을 올바르게 살아갈 수 있는 상식이라는 사실을 깨닫게 해주고 싶었던 것이다.

또한 후버 목사는 끝으로 성경 말씀보다도 더 중요한 것은 시간이며, 이것을 낭비하는 자는 인생을 스스로 죽음에로 몰아가는 행위라고 말했다.

나폴레옹의 굳건한 체력과 정신력,
프랭크린이나 워싱턴의 근면과 검소한
지혜, 그리고 끈질긴 인내심과 규칙적인
생활이 일체가 되어 세운 목표가
젊은이들에게 갖추어진다면 성공은 꼭
이루어질 것이다.

Letter___26

괴로운 결단을 경험할 때마다 인간은 성장한다

자기의 능력을 제대로 발휘하는 비즈니스맨이라면 후버 목사와 같은 결단을 내려야 하는 아픈 경험이 몇 번인가는 있었을 것이다.

그러나 우리 회사에는 장래성이 엿보이는 젊은이가 많이 근무하고 있으므로 빌과 같은 사람에 대해 더 이상 말할 필요가 없음을 다행으로 생각하고 있다.

어쩌다 그런 사람이 있다고 하더라도 일정 기간 동안 돌봐줄 아량 같은 것은 추호도 없으니까.

물론 맡은 업무에 익숙하지 못한 신입 사원에게는 그다지 중요하지 않은 보조업무가 주어지기 때문에 본인 스스로가 아무리 능력이 있다고 항의하거나 떠들어대 봤자 대포에 대항하는 폭죽과 같은 존재로 별 반응을 주지 못한다.

그러나 그와 같은 미숙자라도 묵묵히 열심히 일하고 있는 모습을 지켜보고 있으면 1년이 지난 후에는 대포를 능가하는 중요 업무를 맡겨도 좋을 것이라는 인정을 직속 상관으로부터 받게 될 것이다.

성실과 근면함은 성공의 밑거름이다.

태양을 향해 활시위를 당기는
사람은 비록 목표물을 맞추지는 못할
지라도 자기의 키만한 과녁을 노린 자
보다는 더 높게 화살을 날릴 수 있다는
옛말을 음미해 볼 필요가 있다.

Letter___27

·일을 자기 성격의 한부분이 될 때까지 노력한다

일의 기본을 확고히 몸에 지님으로서 자기 성격의 한부분이 되어 매사에 능률적으로 해주기를 바라는 것은 회사가 조금이라도 더 이익을 얻으려는데 그 목적이 있는 것은 결코 아니다.

이 늙은이가 바로 네 위에 공석으로 비어 있는 자리에 누구를 충당할까 생각하고 있는 경우, 그 뜻은 무엇보다도 지금까지 회사 업무를 통한 너에 대한 평가에 의해서 좌우되므로 중요한 지위에는 놀이와 일을 구별할 줄 아는 사람이 물망의 대상이 됨은 타당한 회사 규범이다.

즉 1파운드를 정확히 16온스로 계산해 주는 사람을 그 자리에 앉히고 싶은 것이다. 그러므로 남보다 늦게 출근해서 1분이라도 빨리 퇴근하는 자라면 번번이 승진 기회에서 제외됨은 물론, 나중에는 스스로가 사직원을 내야 하는 낙오자가 된다는 사실이다.

솔직히 말해서 나는 너에게도 빌과 비슷한 점이 있다는데 걱정하지 않을 수 없다. 이 점을 하루 빨리 네 스스로가 바로잡지 않으면 훗날 후계자로서의 면모는 물론 유능한 사원도 될 수 없다.

나는 젊은 사람에 대한 평가를 내릴 때는 편협되지 않도록 매사에 주의를 하고 사소한 것들에 대해서는 눈감아 주고 가끔은 시험해 보기도 한다.

그러나 나를 치켜세우고 아첨하는 자는 항상 경계하고 있다.

올바른 인간이란 세상과 사귐으로서
그 속에서 도리를 깨닫게 되어 마침내는
현명하고 연민에 찬 인격자가 될 수
있으며 즐거움과 조언도 얻을 수 있는
조화의 지혜를 터득할 수 있다.

Letter___28

인정을 받음으로서 한 사람 몫의 일을 할 수 있다

지난 30일에 네가 보낸 편지를 보고 실망하지 않을 수 없었다는 것이 내 솔직한 마음이다.

즉, 미리간이라는 상사 밑에서는 일할 수 없다고 하는 따위의 어리석은 말을 하지 않기를 진심으로 바랄 뿐이다.

그런 말은 자기의 일을 처리하는데 결정적인 결점을 가지고 있노라고 스스로 선전하는 것과 같다. 무엇보다도 회사가 알고 싶은 것은 네가 상사를 어떻게 생각하고 있는지가 아니라, 나를 감독하고 업무를 분담해 주는 상사가 너를 어떻게 평가하고 있는가에 달려 있다. 이 점을 혼동해서는 안 된다.

미리간에 대해서는 내가 제일 잘 알고 있다. 그는 확실한 자기의 급한 성격을 끈으로 묶어서 머리 위에 얹어놓은 것처럼 화를 잘 내고 까다로운 성격을 지닌 아일랜드 태생으로 일주일 내내 부하들을 들볶고 자기가 옳다고 생각하면 한 치의 양보도 하지 않는 인물이다. 그러나 일요일이 되면 아무리 회사일이 바쁘더라도 교회에 나가는 착실한 신앙인이며, 기회가 있을 때마다 부하의 급료를 올려주려고 고심하는 노력형이지.

게다가 부하가 뉴욕 지사에 보내야 될 회사 비밀 문서를 잘못해서 보스턴으로 발송되면 꾸짖지만, 내가 그 일로 책임을 물어 직원을 면직시키려고 들면 한사코 그를 두둔하고 비호해 끝까지 나를 설득시키는 사람이다.

미리간은 엄하고 까다롭지만 동시에 관대하고 정이 깊으며 충성심이 매우 강한 정력적인 사람이다. 그는 글자 그대로 이 회사가 간판을 걸었을 때부터 근무를 시작한 창업 사원임과 동시에 더 이상 근무하기 어렵다고 자신이 판단할 때까지 계속해서 나와 함께 일해 줄 사람이다. 자, 그렇다면 이제는 모든 것을 뒤로 미루어 놓고라도 이것만은 확실하게 명심해 두기 바란다. 네가 회사에 근무하는 이상 언제나 그와 같은 상사는 있게 마련이다.

그렇지 않으면 존과 스미스 같은 사람일지라도 사소한 감정대립은 있게 마련이고, 미리간보다 더 심한 갈등을 느끼게 될 것이다. 이런 것들로부터 과감하게 탈출하여 해방

된 생활을 구가하고 싶은 생각이라면, 목사나 의사, 혹은 미합중국의 대통령이 된다면 그와 같은 상사는 없을 것 아니냐.

하지만, 그 주위에도 장로나 장의사, 정당인과 같은 귀찮은 상사들이 에워싸고 있다는 사실을 알아야 한다.

필요 이상으로 무리를 해서까지 미리간을 좋아하라고 강요의 말은 하고 싶지 않지만, 적어도 그에게 미움을 받는 일만은 절대로 해서는 안 된다. 어떤 일이 있더라도 자중해서 행동해 주기를 당부한다.

직장생활을 하면서 상사에 대한 말대답은 금물임을 터득해두기 바란다. 비판이라는 것은 항상 위에서부터 내려온다는 사실을 명심하면 그릇된 행동은 하지 않을 것이다.

윗사람이 여러 가지면에서 자기보다 못하다는 사실을 알았다고 하더라도 그에게 봉급을 주고 있는 사장과 공통의 비밀을 가지고 있다는 정도로 생각하고 모르는체 하는 것이 현명한 태도다.

즉, 난로에서 약간 떨어진 자리에 늙은이가 다리를 뻗고 불을 쪼일 수 있도록 해드리고 톱밥 상자를 손이 닿는 곳에 갖다 놓아주면 그 늙은이는 너에게도 자리를 내줄 것이다. 이 말의 뜻을 충분히 이해할 수 있겠지.

그러므로 상사의 무조건적인 명령에 네가 옳았다 해도

꾹 참을 수 있는 인내력, 또는 잘못되었을 때도 당황하지 않는 여유를 항상 몸에 지니고 업무에 임해 주기 바란다.

일상생활에서 경험하는 사소한
일을 가볍게 여기는 사람이 적지 않다.
우리 인생의 태반은 그러한 사사로운 일로
시간이 소비되고 영위되어가고 있는 것이다.
또한 우리가 일생동안 살아가면서 그와
같은 작은 일상들로부터 피할 수 없는
존재이므로 삶이 주는 고통을 무거운 짐이라고
생각하지 말고 늘 기분 좋게 맞이하고 해결하는
태도가 바람직하다.

Letter___29

어느 경우든지 정직만이 최선이라고 단정할 수 없다

성질을 잘 모르는 암소 한 마리를 구입했다고 하자. 그 암소로 하여 잠시 소란이 일어나자, 이를 진정시키느라고 땀과 갈증을 느껴도 좋다고 한다면 소의 꼬리에 끈을 묶어 끌고가도 상관없다.

하지만, 소란을 일으키지 않고 그 암소에게서 우유를 얻고 싶다면 살짝 다가가서 네가 좋아하는 아가씨에게 속삭이듯 상냥한 목소리로 끌고간다면 틀림없이 순순히 따를 것이다.

물론 이 암소 역시 처음에는 낯선 주인을 만난 까닭에 경계하는 동작으로 발길질도 하겠지만, 좀더 관심을 갖고 살펴보아서 본래부터 성질이 거칠어 난폭한 짓을 하는 소라면 가까이 가서는 안 된다. 이러한 난폭한 성격은 짐승이나 인간 모두에 구별이 어렵다.

이와 같은 위험으로부터 자기를 보호하려면 울 안에 가두어두던가 처음부터 곁에 가지 않는 것이 좋은 방법이다.

내가 미주리 목장 사무원으로 일하고 있을 때 위스컨신에서 이주해 온 제프라는 남자가 부근의 개척지를 사서 농사를 짓고 있었다.

제프는 자기 말만을 주장하고 남의 이야기는 전혀 듣지 않는 고집불통의 사람으로 우리들 쪽에서는 위스컨신 지방의 생활 습관과 그곳 사람들의 성격에 대해서 충분히 알고 있었지만, 그쪽에서는 우리의 생활 방식이나 가축 다루는 법을 잘 모르고 있는 듯싶었다.

이윽고 밭갈이 할 시기가 다가오자, 그는 노새 한 마리를 샀다. 몸이 작고 유난히 지쳐보이는 말이었다.

큰 두 눈은 슬픈 듯이 멍청하고 귀는 힘없이 늘어져 있어 보기가 민망스러울 정도였고, 이따금 제자리에서 심심하다는 듯이 빙그르 원을 그리며 크게 한 바퀴 돌았다.

이 노새는 사육주로부터 제대로 훈련을 받지 못했지만, 제프는 자기가 얼마나 말에 대해서 잘 알고 있는가를 보여주기에 급급했다. 노새라면 누구나 쉽게 다룰 수 있다는 자만심에 아무런 준비도 하지 않았던 것이다.

사육주가 이 노새는 오른쪽에서 접근했다가 살며시 물러

나면 아무렇지 않다고 일러준 당부의 말을 잊은 채 제프는 자기의 농장에 노새를 풀어놓았다.

이튿날 아침, 해가 뜨자마자 기다렸다는 듯 제프는 마구 일식을 가지고 '파발로의 아가씨'를 휘파람으로 불며, 노새에게 밭을 갈기 위해 출발을 재촉했다.

그러나 노새는 수채화 속의 동물처럼 태연한 자세로 이슬 젖은 풀만 뜯고 있을 뿐이었다. 이윽고 그가 서서히 접근하려 하자 마치 기계 장치라고 해놓은 것처럼 귀가 목덜미를 따라 뒤쪽으로 꺾이는 것이 아닌가.

제프는 그 의미를 알고 있었으므로 주의하며 아주 낮은 목소리로 상냥하게 "노새야, 착한 노새야! 이리 오너라." 하고 달래듯이 불렀다. 그러나 노새는 조금도 움직이려 하지 않았다.

제프는 곧 가까이 다가가서 한쪽 손을 조용히 뻗어 노새의 등에 마구를 얹기 시작했다.

바로 그때 사건이 일어났다. 그러나 제프로부터는 무슨 일이 일어났는지 한 마디도 듣지 못했지만, 몸의 상처와 멍든 흔적으로 판단해 보건대 다음과 같은 일을 당한 것이 아닌가 생각된다.

말안장을 얹어놓으려 하자, 노새는 슬쩍 앞쪽으로 걸어 나가면서 그의 엉덩이 쪽을 향해 능숙한 뒷발질로 차 버린 것이다. 그런 다음 이번에는 뒷걸음질을 쳐서 그의 조끼단추를 앞발로 잡아당기고 목을 비틀어 머리카락을 물어뜯었다.

그런 노새를 상대로 제프가 다치지 않고 말안장을 얹으려면 하늘에서 접근하는 수밖에는 없었다.

이런 글을 지루하리만큼 쓴 것은 이 세상에는 준비성없이 사업에 관여했다가 쓰라린 손해를 보게 되는 정직한 사람들이 너무 많기 때문이다.

물론 너도 깨달았겠지만, 이처럼 매사에 방심한 사람은 네가 잘못했을 때 엄하게 충고해 주는 미리간과는 전혀 다른 부류의 인간인 것이다.

필요 이상으로 말을 꾸미고, 말솜씨가 매끄러운 신사, 그런 사람을 만났을 때야말로 무슨 예리한 칼 같은 것을 깊숙이 숨겨 가지고 있지나 않은 지 주의해야 한다.

이 말은 친절하고 분별력이 있는 사람을 조심하라는 말뜻이 아니다. 이런 사람은 친절함이 지나치고 분별력이 정확한 사람과는 틀리다는 것을 염두에 두라는 노파심에서 하는 말이다.

'좋음'이 '너무 좋음'으로 바뀌면서 우리의 좁은 이성으로 잘못 판단하여 좋은 사람이 나쁜놈으로 평가 받기 쉽다는 경고의 말이다.

동물에 대해 알아두어야 할 상식을 미리 터득해 두었다고 해도 그것만으로 매사에 자신감을 갖는다는 것은 금물이다.

동물을 다루는 지식이 1/10이라면 나머지 9/10는 매우 중요한 부분으로 두 발로 걷는 동물, 즉 인간을 살펴보는 필수적인 지식을 말함이다.

인간에게 있어서 상식이란 동물의
본능과 거의 맞먹을 정도로
생각되고 있는 재능과는 다소
다르지만, 그보다 훨씬 뛰어난 지혜이다.
한낮의 태양과 같은 강렬함이 아니더라도
항상 변하지 않는 유익한 밝음과 같다.

Letter___30

자기 상사를 비판하는 사람을 믿어서는 안 된다

지금까지 긴 글을 쓴 것은 네가 미리간이란 인물을 측정하는데, 지금 이 시간까지 오해를 하고 있는 것 같아서 다소 실망한 나머지 늘어놓았을 뿐이다.

물론 그가 우리 회사에서 가장 우수한 두뇌의 소유자라는 것은 절대로 아니다. 그는 천성적으로 충성심이 강해서 나와 회사를 위해 젊음을 바친 사람이다. 너도 나만큼 긴 세월 동안 일을 하고 있으면 깨닫게 되겠지만, 이 충실하다고 하는 인격에는 대단히 큰 가치가 있다는 점을 유의해 주기 바란다.

이 가치는 절대로 시장의 수급 관계에서 결정되는 것이 아니다. 또한 많은 돈을 주고 살 수 있는 것도 아니다. 네가 좀더 관심을 가지고 회사 직원들의 근무 태도를 살펴보면 내 말의 참뜻을 이해하게 될 것이다.

나의 독단적인 판단인지는 모르겠으나 급료를 받은 그 주일은 맡은 업무에 충실하지만, 그로부터 시간이 경과하면 할수록 근무에 태만해진다는 사실이다.

우리 회사에 근무하고 싶다고 찾아오는 젊은이들이 많지만, 그들은 한결같이 자기가 몸 담고 있던 회사가 얼마나 불편한 곳이었으며, 그쪽 상사의 무능함을 자기 두뇌의 우수성과 비교하여 혹평하는 불만과 불평을 토로하는 것이 고작이다.

나는 이런 젊은이라면 절대로 신임을 하지 않으며, 아무리 일손이 부족해도 채용하지 않기로 작정하고 있다. 어쩌다가 이런 사람이 우리 회사에서 일을 하게 된다고 해도 늘 불평을 갖게 마련이다.

좋다거나 싫다거나 하는 편견은 젊은 비즈니스맨이라면 자기의 마음 속 깊숙이 숨겨두지 않으면 안 된다. 좋고 나쁜 어느 것이라도 다른 사람에 말해 버리면 비싼값이 붙게 마련이란다.

한 마디의 실수가 돌이킬 수 없는 자기 파산을 가져오는 경우가 있다. 죽은 사람에 대해 좋은 말을 하면 실수가 없지만, 살아있는 사람, 특히 급료를 받고 있는 회사에 대한 비판은 자기 능력을 평가 절하시킴은 물론, 하나의 구성원으로서도 실격자다.

Letter___31

거울에 비친 자기 얼굴에 자신감을 가질 수 있는가

마지막으로 한 가지만 더 당부해 두고 싶은 말이 있다. 후버 목사의 말을 인용하여 끝마치기로 하자. 그것은 마지막 직선 코스에 들어가서도 결승점까지는 달려야 할 거리가 남아있다고 하는 마음가짐과 노력이다.

지금의 너는 회사 내에서 동료들에게 마음을 터놓지 못하고 거만하다는 느낌을 받고 있는 듯싶다.

그러나 훌륭한 사람일수록 자기가 우월하다는 점을 타인에게 느끼도록 하지 않는다는 겸손이다. 그래야만 거울 속의 자기 얼굴에 자신감을 가질 수 있는 것이란다. 예의가 바르면서도 비굴하지 않고 상냥하면서도 버릇 없는 행동은 삼가할 줄 아는 신사의 면목을 갖추게 된다.

자기가 해야 할 일에는 자신감에 차 있지만 독선적이 아니며 순박하지도 비열하지 않는 모습을 보여준다.

그것은 마치 1파운드가 정량인 16온스인 것처럼 과장되지 않은 인간을 비유하는 말로 훌륭한 상품이라면 네 가지 색으로 인쇄된 화려한 상표를 붙이지 않아도 소비자가 그 가치를 알아준다는 뜻이다.

앞으로는 너 자신의 내면의 세계에 밝은 거울을 걸어놓고 자기의 얼굴을 자신있게 비춰보는 인간이 되어주기를 고대한다.

눈을 뜬다는 것은 현명한 조언이다.
눈을 뜨고 사물을 보면서도,
또 한편으로는 마음의 눈이 감겨져
있는 사람이 우리 주위에는 의외로 많다.
그야말로 보고도 못 보는 눈뜬 장님인 것이다.

Letter___32

진실한 인간만이 삶과 사업에서 성공할 수 있다

회사 경리 주임으로 승진했다는 너의 편지를 받고 얼마나 기뻤는지 아버지의 마음을 짐작할 수 없을 것이다.

평소에 나는 너에 대해 생각하기를 다소 부족한 데가 있다고 불만을 가지고 있었음은 사실이다. 물론 모자람이 있으므로 해서 성장하는 것은 진리다.

그러나 훌륭한 아들을 기르고 싶은 것이 지나친 부모의 욕심이라고 혹평하겠지만, 어느 날인가는 너 역시 이 아버지의 마음을 이해할 수 있으리라.

다행히 너의 직계 상사인 미리간도 나와 같은 생각을 하고 있었던지 대단히 만족하는 눈치였다.

이 세상에는 인간의 본성 가운데 정확성을 기대할 수 없는 점이 두 가지 있다. 그 중에 하나는 미망인이 죽은 남편이 천국의 부름을 받고 갔노라고 이웃에게 설득하려고 새긴 묘비명이고, 또 하나는 어떻게 해서든지 많은 급료를 주려고 경영자인 부모가 내린 아들에 대한 평가다.

잠시 생각나는 일이 있다. 2~3년 전에 어떤 미망인의 아들을 고용했을 때의 일이다. 그 아들의 이름은 클로렌스라고 하는데 부친은 우리 회사의 경리부에서 장부 기장을 하던 사람이었다.

이 사람의 근무 태도란 장부 기장을 하면서도 워싱턴 구장에서 야구 시합이 벌어지면 어느 팀이 이길 것인가, 시카고 팀의 타율은 어떠한가에 더 큰 관심을 가지고 있어 회사일은 늘 시간 외에만 일하고, 한 달 중에 3주간은 종료 시간 30분 전에 장부 기장을 마감해 버릴 정도로 일이 빠르지만, 4주째는 계산에서 틀린 8센트를 찾느라고 밤중까지 혼자 남아서 일을 하는 버릇이 있었다.

그런데 이 사람이 어느 날 갑자기 죽었던 것이다. 장례식을 끝내고 그나마 의지하고 있던 생명보험도 조사해 보니까 한 달 전에 부금을 넣지 않아 실효되어 있었다.

그래서 앞으로의 생활에 곤란을 느낀 미망인은 아들 클로렌스를 데리고 와서 나에게 채용해 줄 것을 부탁했다. 돌연한 어려움을 당하게 된 유가족에게 도움이 되었으면 하는 뜻에서 나는 우선 그에게 잡역부로 일하도록 배려해 주었다.

어느 날 아침, 회사 안에서 여러 가지 이상한 일이 일어났다. 잡역에 종사하는 소년들을 관리하는 책임자 클로렌스가 이 사건에 다소 관련이 있지 않은가 하고 의심했지만, 그는 어떤 사건에도 전혀 아는 바 없다고 부인하였다.

절대 금지 사항인 담배 연기로 가득 찬 지하창고에서 무엇인가 이상한 증거를 잡으려고 몇 번 시도했으나 클로렌스는 신입사원이었으므로 누구도 깊이 추궁하려고 하지 않고 주머니 속에 가지고 있던 담배만을 압수했을 뿐이다.

그러나 모두들 그가 지하창고에서 담배를 피우는 당사자라는 확신은 갖고 있었다.

그 후 클로렌스의 모친으로부터 지난 날에는 남편의 일을 신임하지 않더니 지금은 자식에게 진급할 수 있는 기회를 주지 않는 좋지 못한 사람이라고 나를 책망하는 편지를 보내왔다.

그것은 너무나 자식을 과보호하는 부모들에게 나타나는 증상으로 할 수 없이 나는 클로렌스를 불러서 어머니 곁에서 보호 받으며 생활하는 편이 좋을 것 같다고 충고해 주고는 면직시켰다.

이처럼 자식에 대한 그릇된 평가는 오히려 그의 삶에 크나 큰 장애물이 됨을 명심해 둘 일이다.

하지만 좀더 자세히 관찰해 보면 사람이 없는 곳에서는 나쁜 일도 서슴없이 저지른다. 이와 같이 불성실한 일을 저지는 사람이 있음은 결코 무시할 수 없는 사회적 현실이다.

실수를 했을 때 자기 자신에게 부드럽게
대하도록 하라. 그렇게 하면 똑같은
실수를 피할 수 있다.

Letter___33

타인의 눈으로 평가 받아야 가치를 알 수 있다

여기서 클로렌스에 관한 이야기를 쓴 것은 내가 너를 인정하는데 왜 주저하고 있는지 그 좋은 예가 될 수 있다고 생각했기 때문이다.

이것은 내 경험에 의해 말할 수 있는 확신이지만, 자기가 소유하고 있는 물건을 평가 받을 때는 반드시 타인의 냉정한 판단력에 의해 가치를 인정 받아야 한다.

1달러 짜리 주화에 새겨진 여성이라면 어떠한 감정도 필요없을 것이다. 너 또한 사물의 틀림없는 사실을 포착하려고 생각한다면, 그 여인상과 같은 감정을 배제하지 않으면 안될 것이다.

내가 너를 미리간 밑에서 일하도록 한 것도 치밀한 그의 눈을 통해 너를 평가해 보고 싶었던 것이다. 그러므로 그가 자기 의사대로 너에게 경리 주임이라는 직책을 맡기고 주급 12달러를 더 인상시켜 주어도 좋다고 판단했다면, 나 역시 전적으로 찬성하겠다.

왜냐 하면 그는 화를 낼 때 이외는 비교적 냉정한 사람이기 때문이다. 나 역시 나이를 먹어감에 따라 판단력이 흐려지고 사업적인 수완을 겨우 한 가지나 두 가지 너에게 가르쳐 줄 수 있다면 이보다 더 고마운 일이 어디 있겠느냐.

그리하여 훗날 내가 회사에 더 이상 머물러 있을 수 없게 될 때, 누군가가 내 이름을 그대로 승계 받아서 아침이면 예외없이 회사의 문이 열리는 나날이 계속되기를 바랄 뿐이다.

상대방을 기분 좋게 해주기 위해 자기 자신이 유쾌하지 못한 기분에 빠질 필요는 없다.

Letter___34

자기 적성을 논하기 전에 좋아하는 일에 몰두해 본다

아이들이란 마치 거리 한모퉁이에서 팔리고 있는 강아지의 모습과 흡사하다. 이는 반드시 원하는대로 자라서 훌륭한 견공이 되어주지 않는다는 뜻이다.

예를 들면, 세퍼드 새끼라고 생각하고 샀는데 자란 후에 보니까 잡종개 쪽에 더 가까웠다는 일은 흔한 이야기이다.

이처럼 능력 있는 정직한 식품회사의 사장 아들도 어렸을 때는 시 쓰기에 능한 것처럼 보일지라도 훗날 그가 성장하여 시인이나 대학 교수가 된다는 보장은 없다.

좋은 기회니까 말해 두지만, 절대로 시인이 나쁘다고 말하고 있는 뜻은 아니다. 만일 네가 밀턴과 같은 유명한 시인이 된다 하더라도 많은 작품을 발표해야 하고 유명인으로서의 바쁜 사생활을 즐겨야 하는 어려움에 이르기까지 시인의 세계에서 성공한다는 것 역시 결코 쉬운 일은 아닐 것이다.

물론 면실유가 여러 종류의 식품을 가공하는데 사용된다는 사실을 알고 있는 식품 가공업자가 돼지의 생산량이 줄어들었더라도 다른 대용물로 대체하여 공급량에 차질이 없도록 하면 우수한 경영인의 손씨를 보여주는 수완이라고 말할 수 있듯이 인간의 존재를 잘 이해하고 있는 부모라면 자기 자식이 신의 은총을 받아 재무부 장관 자리에 적합하도록 창조해 낸 것이 자신인지 아닌지는 분별할 수 있을 것이다.

그러나 일반적으로 평범한 가운데서 자기의 삶을 용감히 개척해 나가는 자만이 성공할 수 있고 꿈을 실현시킬 수 있다. 그러므로 인간의 능력은 신이 내리는 은총이 아니라 노력에 따라서 얻어지는 인간의 힘이며 지혜이다.

만일 너에게도 부하 직원이 있어 그가 어리석은 생각에서 눈을 뜨게 하려면, 한 번쯤은 어리석은 일을 시켜보는 입장이 가장 좋은 방법이라는 것을 터득하게 될 것이다.

한 방울의 물의 힘을 얕보지 마라.
시간이 지나면 그 물방울이 돌을 뚫는다.

Letter___35

강한 호기심은 성공의 가능성을 발견한다

세파트 새끼가 자라서 잡종개가 되었다는 예는 내 옛친구인 제레미아의 아들에 관한 기억을 새롭게 해준다.

제레미아는 보스턴 피혁업계에서 가장 신용있는 사람이었지만, 그의 아들 에즈라는 법도 손을 들 정도로 거리의 악동이었다. 그는 비열한 행동은 하지 않았지만, 분명히 위협적인 한 마리의 이리였음은 주위 사람들도 인정하고 있었다.

그가 대학을 졸업하게 되자 부친 제레미아는 우선 피혁업계에서 고생시키기 전에 우리 방계회사인 그레함 피혁에서 이삼년 경험을 쌓는 편이 도움이 되지 않겠는가 하고 나에게 의견을 물어왔다.

나는 친구의 인격과 오랜 동안 같은 업계에서의 친분으

로 곧 아들의 자리를 마련할 터이니까, 아무런 걱정도 하지 말고 보내도록 답장을 띄었다. 물론 제레미아의 피를 이어받은 똑똑하고 믿을만한 젊은이가 올 것이라는 기대감에서였다.

그러나 어느 날, 나를 찾아온 젊은이는 한눈에 보아도 석연찮은 느낌을 주었다. 도저히 가죽일을 할 것처럼 보이지 않았기 때문이다.

큰 키에 깡마른 체구, 잉글랜드인다운 용모에 유난히 커 보이는 머리, 조심성 없는 행동은 첫 대면임에도 불구하고 조금도 호감을 가질 수가 없었다.

무엇보다도 그의 첫 대답은 아직 장래의 계획 같은 것은 세운 바도 없으며, 무엇보다 가죽일은 죽기보다 싫다는 것이었으므로 네가 생각해 보아도 나의 심중이 어떠했으리라는 것은 쉽게 판단할 수 있을 게다.

그는 자기의 부친에게도 똑같은 말을 했으나 그런 잡념은 잊고 가죽일이나 열심히 배워가지고 돌아오라는 간곡한 부탁이 있었으므로 잠시 동안만이라도 일해 보겠다는 것이다.

나 역시 친구의 아들을 그대로 돌려보낼 수 없는 입장이어서 적당한 일자리를 마련해 주었다.

에즈라는 입사 한 달만에 식품가공에 대해 알고 싶은 내용은 모두 습득한 것 같았다. 나 역시 그에 대한 모든 것을 알 수 있는 기회였다. 그는 가죽일에 도저히 흥미를 느끼지 못하는 것 같았으며, 조금씩 게으름을 피우기 시작했다.

어느 날인가, 그가 결근한 다음 날 아침, 마침내 사표를 들고 나를 찾아왔다. 나 역시도 이미 예감하고 있었던 터였으므로 능력이 없는 것은 아니지만, 이 일은 그만두는 편이 그에게 도움이 될 것이라는 타이름과 함께 사직을 권고하려는 참이었다.

에즈라가 우리 회사를 한 달만에 사퇴한 일로 하여 한때는 그와 그의 부친과의 사이는 험악한 상태에까지 이르기게 되었다. 무엇보다도 나와 사업과 우정 양면에서 많은 희생의 댓가를 지불하지 않으면 안 되었다.

이렇듯 친구를 고용하면 우정을 잃게 될 뿐만이 아니라, 오히려 적으로 만들게 된다는 아픔이 뒤따른다. 이 점을 깊이 명심해 나와 같은 어려움을 겪지 않기 바란다.

그 후, 한참 동안 에즈라의 모습을 볼 수 없었다. 그러던 어느 날 아침, 불현듯 그가 나를 찾아왔다. 신문기자가 되었다고 하면서 경제 동향을 알고 싶다며, 12월에는 소매거래가 어떤 예상으로 진행될 것인가를 말해 달라는 요청이었다.

무례할 정도로 친근한 태도는 조금도 변함이 없었다. 물론 나는 그런 것을 잘 알 수 없다며 거절해 버렸다. 아직도 그에 대한 사사로운 감정과 불신감을 가지고 있었기 때문이다.

그러나 좋은 기회였으므로 그에게 두세 가지 충고를 하기로 했다. 언제까지나 바보 같은 짓만 하고 있으면 다락방 신세를 면하지 못할 터이니 하루 빨리 떠돌이 생활을 청산하고 아버지 곁으로 돌아가 사업을 거들어주는 편이 장래를 위해서 좋을 것이라는 말이었다.

솔직하게 하는 내 말을 들어주리라는 기대도 하지 않았지만, 그는 아무 대답도 없이 돌아갔는데, 후에 그의 기사를 읽고 놀라지 않을 수 없었다.

그 해 12월의 소맥 거래 동향에 대해서 내가 생각하고 있는 예상대로 써 있지 않은가. 어떻게 되었는지는 모르겠지만, 내가 말한 것 중에서 그 어떤 핵심을 꿰뚫고 정확하게 알아맞힌 것이다.

오히려 그는 기자로서의 예리한 관찰력을 지니고 있는 것만은 틀림없었다.

Letter___36

뜻밖의 장소에서 자기의 재능을 발휘한 이야기

다음 에즈라에 관한 소식을 안 것은 신문의 특종 호외에서였다. 그가 죽었다는 기사였다. 쿠바의 군사혁명 정부도 이를 확인하였다는 내용이다.

그가 마지막으로 보낸 기사에는 '극도의 잔인' 이라는 머리 글자로 상황을 자세히 보도하는 내용으로 쓰여 있었다.

그러자 그의 부친으로부터 장문의 전보가 날아왔다. 아들이 소속되어 있는 신문사 편집국장을 만나서 사실 여부를 정확히 확인해서 알려 달라는 내용이었다.

나는 즉시 사실을 확인해 보았다. 에즈라는 신문사로부터 그 재능을 높이 평가 받고 특파원으로 쿠바에 파견되었는데, 현지반란군 쪽에 가담하여 종군기자로 활약하게 되었다는 것이다.

그는 신문사가 위치해 있는 시카고에서의 평판이나 특파된 쿠바에서의 임무 수행에 조금도 차질이 없을 정도로 근면했다. 뉴스 거리가 있으면 빠짐없이 보내오고 특정 기사 내용이 없으면 앞으로의 상황에 대한 나름대로의 전망을 보도 자료로 송고해 왔다. 그리하여 쿠바 전선에서의 뉴스는 많은 독자들로부터 관심의 대상이 되었던 것이다.

에즈라의 사망에 대해 최초로 언급된 것은 밀항자를 통해 그의 마지막 체류지 잭슨 빌로부터 보내온 그 자신이 직접 쓴 편지에서 비롯되었다. 나에게서 떠난 후에 배웠다고 생각되는 예리한 관찰의 눈으로 쓰여진 편지 내용은 다음과 같다.

'함께 행동하고 있던 반군의 첨병소대에서 낙오된 나는 정부군을 지원하고 있던 스페인군에 붙잡혀서 포로가 되었다. 신문사 기자증과 신분증으로 미국인이라는 사실이 확인되었고, 적십자 마크를 부착하고 있었음에도 불구하고 간첩이라는 죄명으로 약식 군사재판에 회부되어 총살형을 선고 받았다.'

수기 형식을 빌어 쓴 글은 자기의 처형에 대해 여러 가지 면에서 상상을 할 수 있도록 표현되어 있었다.

이 편지는 쿠바어와 스페인어, 영어를 혼용한 글로 쓰여 있었는데, 아마도 비밀을 간직하기 위해 일부러 그렇게 쓴 듯싶었다.

이 편지를 갖고 밀항해 온 인물은 죄수들을 경비하고 있는 정부군 쪽 사람이었는데, 그는 에즈라가 건네준 얼마간의 돈과 신문사로부터 더 많은 사례금을 받을 수 있다는 말에 마음이 움직였다는 대답이다.

또한 그가 이 수기를 쓰고 있는 동안 감시를 하면서도 한편으로는 못 본체 눈을 감아주고 있다가 수기를 가지고 그곳을 이탈하여 쿠바군에 투항했다가 밀항선을 타고 미국으로 건너왔다는 이야기이다.

수기는 이렇게 마지막 글을 썼다.

'그리고 소위가 사격!' 하고 명령을 내리자, 에즈라는 하늘을 우러러 큰소리로 외쳤다. '미국 시민으로 항의한다 …….'

마지막은 시간이 없다는 듯 휘갈겨 쓴 필체로 이렇게 절규하고 있었다.

'당신들에게는 특종 기사가 될지 모르나 나에게는 암흑의 마지막 시간이었다. 에즈라로부터……'

이 편지를 나에게 읽어준 편집국장의 눈에서는 눈물이 흘러내렸다. 그런 다음 마음을 진정시키면서 다음과 같은 말을 들려주었다.

"정말 그의 글은 눈물없이 읽을 수가 없습니다. 생사의 갈림길에서도 아주 침착한 젊은이로 기사의 오자까지도 살펴서 지적해 보내올 정도였으니까요. 또 사건 해설도 아주 상세하게 써서 보내왔어요. 정말 일을 자기의 생명처럼 생각하는 유능한 특파원이었습니다."

그리하여 에즈라의 최후 기사는 신문 1면 전부와 2면의 3단까지 대서특필로 게재되어 날개 돋힌 듯이 팔렸다. 여론에 힘입은 신문사 측은 국방성에서 이 문제를 취급하도록 압력을 가했고, 이에 국방성에서도 크게 문제화하여 스페인측에 강력한 항의를 제기했던 것이다.

그러나 스페인의 대답은 한결같이 에즈라 같은 인물을 처형한 사실도 없으며, 그런 이름을 갖고 있는 포로가 있었다는 보고조차 전해 들은 바 없다고 항변해 왔다.

그러자 이런 사건 자체가 또 한번 기사화되었고 뉴스로 나라 안을 떠들썩하게 만들었다. 에즈라의 장례식이 신문으로 치뤄지자, 다시 한 번 3단 톱 뉴스로 취급되었다.

그리하여 에즈라 사건은 일반 국민들에게까지 관심의 대상이 되어 모금운동이 벌어지고 점심을 한 끼 거른 돈으로 꽃을 사서 위대한 한 시민의 죽음을 애도하자는 제의에 우리 회사에서도 사원들이 돈을 거두어 대형 화환을 정문 앞에 세워 그의 죽음을 애도하며 '신문을 위해 순직한 에즈라에게'라는 현수막이 걸릴 정도였다.

나도 검은 중절모를 쓰고 에즈라의 장례식에 참석했지만, 그것은 오랜 동안의 친구인 그의 부친에 대한 경의를 표하기 위해서였다. 그러나 장례식을 마치고 회사로 돌아온 나는 놀라지 않을 수 없었다

'백 달러 송금을 급히 바람. 아버지께만 알려주시고 타인에게는 절대로 비밀로 하여 주시길 바랍니다. 에즈라.'

나는 약속을 지켰다. 그리고 에즈라는 사람들의 시선을 피해 소문없이 귀국했다. 그리고는 자기를 알아보는 사람들에게 최후의 순간에 구원 부대가 나타나서 구출되었으며, 타국의 배로 탈출에 성공하게 되었노라고 하면서 '죽음의 행로' 라는 책을 써야겠다고 하며 사건을 종결시켰다.

지금 그는 뉴욕에서 행복하게 살고 있으며, 책을 써서 연간 십만 달러를 벌고 있다는 뒷소식이다. 그가 만일 자기 부친의 뜻대로 피혁업계에서 종사하고 있었다면 백 년 걸려도 그렇게 벌지는 못했을 것이다.

이렇듯 현명한 자는 어떤 위험한 장소에서라도 자신의 입지를 살려 성공할 수 있음을 주의 깊게 살펴보기 바란다.

Letter___37

일을 천직으로 한 우물을 파는 자가 성공한다

시 한 편으로도 돈을 벌 수 있었던 오십 년 전이나 백 년쯤에 에즈라와 같이 상상력이 풍부한 인물이었다면 초일류급의 인기를 끄는 시인이 되었을 것이다. 그러나 아깝게도 그런 시대에 태어나지 못했지만 아버지로부터의 사슬을 벗어나 자기 뜻대로의 길을 개척하여 삶을 불태움으로써 성공을 거두었다.

나 역시 처음에는 너에 대하여 다소 실망감을 가졌던 것은 사실이지만, 이제 한 걸음씩 내딛는 너의 성실함에 하나님은 식품가공이라는 사냥감을 쫓도록 너를 창조시켰다고 믿을 수가 있다.

그러므로 네가 쫓는 목적의 결과가 어찌될 것인가 대해서는 조금도 걱정하지 않는다. 인간이 삶의 보람을 느끼는 것은 목적지에 골인했을 때가 아니라 달리고 있는 현재에 의미가 깊다.

우리 주변의 모든 것에서
긍정적인 면을 찾아내는 일은
스스로 자존심을 높일 수 있다는
점에서도 대단히 중요하다. 모든
상황에서 좋은 면으로 눈을 돌리려는
노력을 하면 우선 피해 의식이
없어지기 때문에 모든 일을 긍정적으로
해석하는 습관이 되어 건설적인 인생을 열어준다.

Letter___38

폭 넓은 영업적 센스를 확고히 해둔다

어제는 너를 떠나보내고 조금은 불안감 속에서 마음을 달래었다. 아직도 너는 거만하고 쓸데없는 자만심으로 가득 차 있는 것처럼 보였기 때문이다.

상품을 구매하기 위해 찾아온 거래처 손님이 우리 회사의 상품을 꺼려한다면 너는 서슴없이 사지 않아도 좋다고 대답하지 않을까 염려된다.

영업보고서에 재치있고 탁월한 문장 솜씨로 상대를 꼼짝 못하도록 했다는 모습에 대해 쓰여 있으면 읽는데는 재미있을지 모르나 비즈니스맨으로서는 실격이다.

회사가 가장 바라고 있는 최종 목표는 논리 정연한 보고서가 아니라 주문을 하나라도 더 많이 받아오는 명세서인 것이다.

소시지는 우리 회사의 전략 상품이라고 할 수 있는 대표적인 물품이다. 그러므로 경솔하게 취급해서는 안 된다.

이 상품에 대해서 장난삼아 한 말이라도 일반 고객들은 민감하게 받아들여 판매에 절대적인 영향을 미치고 있음을 명심해야 할 것이다.

지난 주였다. 판매부장이 재고 물량이 부족하자 군납용 표지인이 붙어 있는 후랑크 훌트 소시지를 그대로 반출한 것을 안 나는 급히 상품을 회수하도록 명령했다.

군납용 표지를 본 일반 소비자들은 군용으로 납품할 것을 덤핑으로 판매한 것이 아닐까 하는 의구심을 갖고 문의해 올 것은 자명한 일이었기 때문이다. 이처럼 소비자들의 시선은 보이지 않는 곳에서 우리를 주시하며 감시하고 있음을 항상 염두에 두어야 한다.

비즈니스에서 한 번도 웃지 않고 진실되게 행동해 온 사람만이 최후에 웃을 수 있는 것이다. 내가 경험한 바에 의하면 아무리 유머로 한 말이라 해도 상대편을 웃음거리로 만들면 그 당사자는 상처를 받게 된다는 사실이다.

자기를 돋보이고 함께 웃어주기를 바라는 자의 얼굴, 그리고 그 웃음에 흡족한 것처럼 행동하는 가공된 사람의 얼굴을 생각해 보아라. 그것만큼 괴로운 듯이 일그러진 얼굴이 이 세상 어디에 또 있을 것인가.

Letter___39

결정적인 찬스는 타이밍을 포착하는 판단력에 있다

진실을 보증해 주는 상품이라고 하면 생각나는 일이 있다. 지난 해, 어느 날이었다.

작은 장난감 같은 작은 스파니엘개를 데리고 한 젊은이가 내 사무실을 찾아왔다. 아직은 소년이라고 해도 좋을 애띤 젊은이였다.

그 젊은이는 예고도 없이 데리고 온 개를 사지 않겠느냐는 것이었다. 나는 바쁜 시간을 쪼개어 농담조로 도대체 그 작은 개값이 얼마냐고 물어보았다.

그러자 그 젊은이는 얼굴을 돌리며 어깨를 들먹이기 시작하는 것이 아니겠니. 두 눈에 눈물까지 글썽이면서 말이다. 잠시 후에 그가 겨우 입을 열었다.

이 댄디는 내 동생처럼 보살피고 귀여움을 받아왔으므로

헤어져야 할 것을 생각하니 가슴이 찢어질 듯 슬프며 얼마를 받고 싶다고 가격을 흥정하게 되면, 이 개의 얼굴을 바라볼 수 없다는 얘기였다.

그러나 형편상 헤어지지 않으면 안 되게 되었으므로 비싼값을 부를 수도 없어 자기가 바라는 것은 돈보다도 개를 진심으로 사랑해 줄 수 있는 새 주인이어야 된다는 조건이다.

나는 다소 젊은이의 말에 감동이 되어 사줄 것을 결심하고 그런 문제라면 안심해도 좋으며 댄디만큼은 누구 못지않게 잘 보살펴 주겠노라고 말해 주었다. 그러자 이것은 그냥 드리는 거나 마찬가지라고 하면서 그가 표시한 액수는 5백이었다.

"오백이라면 오백 센트란 말인가?"

하고 내가 물었다.

"그거야 물론 달러로 계산해야 하죠."

그는 거리낌없이 대답했다.

"그만한 돈이라면 성 프란다스라도 살 수 있겠다."

"그렇지만 크기 보다는 질이 중요하지 않을까요?"

그는 친절하게 가르쳐 주듯 으시대는 태도로 말했다.

"사장님께서도 회사를 운영하시려면 양보다 질을 중요시하지 않으면 안 되요. 그래야만 좋은 상품으로 인정을 받게 되는 것 아니예요."

지금이니까 말해 두지만, 그 당시의 나는 정말 화가 나 있었단다. 하지만, 난 애써 참을 수밖에 없어서 변명하듯이 말해 줬지.

"우리 소시지업계에서는 그런 엉터리 값을 매기는 일 따위는 없으니까."

내 말을 들은 젊은이는 아무 말없이 안 되겠다는 듯한 표정을 짓더니 가볍게 고개를 흔들고는 휘파람으로 댄디를 불러서 함께 나가는 것이었다.

지난 날의 사소한 사건이지만, 왜 내가 새삼스럽게 이런 것을 다시 언급하는가 하면 묵은 농담을 진심인양 언제까지나 떠벌리고 있으면 정직한 식품업자가 말로만 사업을 하는 사기꾼들로부터 놀림을 받게 된다고 하는 사실을 알기 쉽게 이해시키기 위해서이다.

물론 네가 회사에 입사한 이래 처음으로 떠나는 출장이 단지 경험을 위한 것이라면 굳이 더 이상 할 말은 없다. 물론 지방 영업소를 순회하는 일이 너에게 주어진 주업무는 아니니까.

하지만, 특히 주의해 주기를 바라는 내 당부의 말은 얼음판에서 스케이트를 신고 똑바로 서지도 못하는 초심자가 처음부터 멋지게 미끄러지며 갈채를 받으려는 따위의 생각일랑 말아주기를 바라는 노파심에서다.

정직한 영업자라면 화술이 차지하는 비율은 1할, 나머지 9할은 판단력이다. 그리고 9할의 판단력으로 어느 장소, 어느 경우에 1할의 화술을 사용할 것인가를 결정하는 일이다. 복싱의 룰대로는 상품을 팔 수 없다.

대개의 많은 영업자들이 고객을 상대로 야구나 지나친 유머, 거기다가 고십(gossip)에만 관심을 쏟고 장사는 겨우 덤으로 밖에 생각하지 않는다고는 믿지 않지만, 실제로 장황한 말로 구매자들에게 혼동을 가져다 주는 경우도 없지 않다.

나 역시 꼭 사고 싶은 물건을 얼마나 할인해 줄 것인가 하는 상담보다 판매원의 한가로운 농담을 듣고 싶어 하는 고객을 만난 적이 없다.

이왕이면 들어서 기분 좋고 달콤한 말로 물건을 파는 것이 더 유익하지 않느냐고 반문하겠지만, 실제로 향기롭고 감미로운 말일수록 그 속은 썩어 있다는 사실을 한 번쯤 염두에 두기 바란다.

물론 고객을 싸구려 담배 한 개피로 맞아들이거나 속이 들여다보이는 겉치레 인사 한마디로 끌어들여도 무방하겠지. 하지만 진정한 고객이란 네가 제공하는 상품과 그 가격에 절대적인 관심이 있다는 것을 명심해 두기 바란다.

자기의 상품을 선전하기 위해 경쟁 회사의 제품을 깎아 내리는 무분별한 행동은 더욱 금물이다. 또한 경쟁 상대에게 우리 회사의 상품이 매도당하거나 헐뜯게 해서도 안 된다.

무엇보다도 상거래를 위해 필요 이상으로 굽신거리거나 저자세를 취하는 태도 역시 바른 행동은 아니지만, 너무 으시대고 우월감을 나타내도 좋지 않다. 그런 행동의 표현은 주문이 바로 손 안에까지 잡혔다가도 놓쳐버리는 경우를 말한다.

무엇보다도 고객을 유치하기 위해 그들과 거래 상담을 하게 될 때 영업자에게 가장 필요한 자세는 상대편의 말이나 행동, 감정에 동요되어서도 안 된다는 점이다.

이 세상에 수많은 상품이 있듯이 많은 부류의 고객들이 있기 때문에 회사는 영업자를 고용하고 있으며, 그런 사람과의 거래도 필요로 하고 있다는 사실을 잘 기억해 둘 일이다.

상대에 대한 내 생각을 바꾸었는데도
그 사람이 여전히 나에 대해 좋지 않은
생각을 하고 있다면 나 자신이 전에
가졌던 생각에서 벗어나지 못하고 있는 것이다.

Letter___40

비난이나 불평 속에 자기 성장을 위한 힌트가 있다

예를 들면 다음과 같다.

"귀사 제품인 건포육은 양을 속여 판매하고 있다고 생각지 않는가요? 아니면 끓일 때 그 양이 줄어들지는 않을까요?"

"2파운드 짜리 통조림 속에는 고기가 전혀 들어있지 않은 비계덩어리였어요."

"지난 돼지기름은 냄새가 너무 심해서 다른 것과 교환할 수밖에 없었다구요."

하고 불평을 보내오는 경우도 있다.

이때 첫 번째의 손님은 거짓말이고, 두 번째의 손님은 좀 과장된 표현을 쓰고 있으며, 세 번째로 말한 손님이 사실이라는 것을 내 경험으로 구별할 수 있다.

또한 모든 것을 사실로 받아들였다면, 너는 이 건에 대해 뒷처리를 깨끗이 해두지 않으면 안 된다.

단지 불평만을 하고 있는 손님이라면 우리 회사의 상품을 과소 평가하는 일은 절대로 없으며, 첫 번째 손님과 비교하면 훨씬 다루기 쉬운 상대이다.

두 번째 손님의 경우라면 그의 요구 사항을 잘 들어본 후에 즉시 본사에 연락하여 통조림 공장의 책임자를 불러 이와 같은 일이 두 번 다시 일어나지 않도록 확답을 받아두는 일이다. 이것은 사건 예방과 책임 한계를 명확히 해두는 사전 조치이기도 하다. 명심하거라.

그러므로 첫 번째 손님이 한 말을 염두에 둘 필요는 없다. 알을 낳지 못하는 늙은 암탉에게 아무리 비싼 '산란용 사료' 를 먹이로 주어도 알은 낳지 못할 테니까.

청구서에 기재되어 있는 중량 이상으로 원재료인 고기가 구매되어 있는데도 불구하고 소매업자에게 출하하기 전에 내용물보다 중량을 속이기 위해 소금과 다른 물질을 듬뿍 넣고 가공하는 동안 고기의 양을 줄어들게 했다면, 즉시 생산을 중단시키고 책임자에게 확인시킨 다음 고객들이 선호할 수 있는 상품을 다시 생산해 내지 않으면 더 이상 회사 발전은 기대할 수 없다. 신용을 잃은 회사는 도산을 연출할 뿐이다.

기업이란 고객들의 무서운 감시 속에서 올바른 자세로 임할 때 비로소 성공의 문으로 들어설 수 있다.

여기서 너에게 한 가지 좋은 교훈을 주고자 한다. 유능한 영업자가 되려면 다음 세 가지를 명심해 두기 바란다.

첫째, 주문을

둘째, 더 많은 주문을

셋째, 끊임없이 주문을 받는 일이다.

이 말의 뜻을 파악하고 그대로 행하면 너는 지루하게 긴 편지를 쓰지 않아도 되고, 나 역시 그런 네 편지를 노심초사하며 읽지 않아도 되겠지. 하루 하루를 상품 생산과 출하에 바쁜 우리들이 아니냐? 또한 우리들은 타사의 영업 직원이 받은 주문량에 대해 신경을 쓸 필요가 없고, 경쟁 회사에 납품량을 빼앗겼다 해서 낙심해서도 안 된다. 그것은 아직도 우리 회사 상품에 결함이 있고 숙련된 영업 사원이 없다는데 문제점이 있으며, 그것을 보안시켜 개발하면 해결할 수 있는 기회가 될 것이다.

네가 이번 출장에서 유쾌한 마음으로 귀사할 수 있으려면 문제점들을 정확히 파악해서 보고하고 매일매일 소재를 알려줌과 동시에 많은 주문을 받는 것으로 충분하다.

그것은 네가 해야 할 임무이며, 비즈니스맨으로서의 첫 시도이니까 말이다.

한 사람이 성과를 올리려고 하는 경우 그 도중에 그릇된 판단이나 잘못을 저지르는 일은 얼마든지 일어난다. 그것은 궁극의 목표를 달성하기 위한 하나의 투자이다.

사람은 실패를 함으로써 많은 것을 배운다. 또한 실패에서 재기를 도모하자 다른 사람의 몇 배 노력을 통해서 크게 성장한다.

상대방에게 보여 줄 인상에
신경 쓰지 않는 것이 좋은
인상을 남기는 것이다.

Letter____41

영업적인 센스는 인생, 사업의 모든 면에 응용할 수 있다

아주 젊었을 무렵, 나는 출장 중에 이것저것을 회사에 써 보내는 나쁜 습관을 고쳤다. 좀더 정확히 말하면 입사한 후 첫 지방 출장에서였다.

그때 나는 의료품, 신사용 장신구 및 잡화 도매를 주업으로 하고 있는 홈 킨스사의 말단 영업사원이었다.

그 당시의 출장이란 지금 생각만 해도 끔찍스러울이 만큼 교통이 불편한 때여서 오하이오강을 따라 계속 내려가서 이집트 카이로와 같은 생소한 기분을 느끼게 해주는 케아르까지 순회하지 않으면 안 되는 장거리 출장이었다.

시카고를 떠나 맨 처음으로 찾은 소도시에서의 일이다. 주민수가 어느 정도인가를 파악한 다음, 나는 알 수 없는 기쁨에 사로잡혔다.

이곳이라면 내가 생각하고 있는 목적을 틀림없이 달성할 수 있으리라고 확신했기 때문이었으며, 주민들 역시 내가 소개하는 상품을 필요로 하는 모습을 보여주었다.

그러나 내가 숙박하고 있는 호텔 종업원들은 한결같이 시대에 뒤떨어진 와이셔츠를 입고 있었고, 도시 중심의 번화가를 왕래하고 있는 상인들도 조잡한 천으로 만든 셔츠와 바지를 입고 있었다.

어떤 사람은 단지 끈으로 허리띠를 대신하고 있었으며, 잠자리에서 입고 있었던 구겨진 옷 그대로 외출하는 것이 이곳 사람들의 모습이었다.

남자, 여자, 어린아이 모두가 한결같이 남루한 복장에 밀가루 부대로 된 천이 가장 고급의 복지로 알고 있는 것이 아닐까 할 정도였다.

어느 경우로 보던지간에 내 판단은 의료품, 신사용 장식품 및 잡화가 날개 돋친 듯 팔릴 곳이 있다면 여기를 빼놓고는 이 세상에 없을 것 같은 소도시였다.

그러나 담배를 사기 위해 들린 상점 주인에게 시험삼아 견본을 내보였으나 그는 거들떠보려고도 하지 않았다. 아마도 이곳 사람들은 양복이나 고급 셔츠에 대해서는 관심이 없는가 하는 생각에 순간적으로 잠겨 있을 때 그 주인이 쳐다보지도 않은 채 입을 열었다.

"만일에 당신이 철없는 젊은이가 아니었다면 벌써 얼굴에는 성한 곳이 없었을 거요."

그리고 그런 사치스런 옷가지를 팔아서 순박한 생활을 하고 있는 이곳 사람들을 바보로 만들 셈인가. 당신이 팔려고 하는 옷들이란 코메디언이나 입는 무대 의상이 아닌가 협박하듯 힐난하는 것이었다.

나는 그가 한 말 뜻을 호텔로 돌아오는 길에서 깨달을 수 있었다. 영국 황태자가 모자에 붙이는 화려한 장식품과 같은 것들은 유행에 민감한 도시나 그런 직업에 종사하는 사람들이 아니면 팔 수도 살 수도 없다는 것은 사실이다.

이렇듯 변두리 작은 도시에서는 그들이 필요로 하는 물건이란 진흙 투성이의 돼지와 상대해야 하는 튼튼한 작업복 정도라야 알맞을 것이다.

그러므로 사업을 해서 성공을 하려면 기회가 많은 대도시로 가야 한다는 것이 내 평소의 사업관이 되었던 것이다. 이렇듯 첫 출장에서 아직까지 전혀 관심을 두지 못했던 것까지. 경쟁 상대의 동태를 살펴서 파악했을 때는 빠짐없이 회사에 보고서를 작성하여 보내고 힘이 닿는 데까지 시장 확보에 낮과 밤을 가리지 않고 맨발로 뛰어 다녔다.

그러나 사장 해머 씨는 나의 보고에는 관심이 없는 듯 최종 목적지인 케아르에 도착하자, 영업소에는 이런 전문이 벌써 도착해 있었다.

'그쪽 사정은 이미 알고 있다. 좀더 많은 주문을 수주하기 바란다. 도대체 무슨 일로 시간을 낭비하고 있는가?'

이 전문을 받아본 나는 회사를 사직하는데 구구한 변명이 필요 없다는 사실을 깨달았다.

그리하여 내가 케이르에서 회사로 발송한 문서는 다름아닌 사표뿐이었다. 물론 너로부터 그런 것은 받지 않으리라고 생각하고 있지만 말이다. 지금 회사에서는 보다 많은 주문을 기다리고 있다.

자신의 인생에 책임을 지면 자신의
인생을 보다 자유롭게 창조할 수 있다.

Letter___42

온 힘을 다 해야 일의 결과가 보인다

오늘은 분수分數를 발명한 사람에게 감사하고 싶다. 지난 달에 네가 쓴 출장 경비는 그런대로 한도액 내에서 정리되었고 영업 성적은 가까스로 기준량을 달성했을 뿐이다.

지금의 네 상황이란 흡사 성난 황소에게 쫓겨 겁에 질린 소년이 그 위기를 모면하고 한시름 놓은 경우와 같다. 다행이 큰 나무를 발견하고 피해 올라가기는 했지만, 거기엔 또 다른 사람이 이미 올라와 있어서 다시 나무에서 내려왔다가는 그 성난 황소에게 쫓겨야 하는 입장과 같은 처지이다.

이제 겨우 첫 출장을 다녀온 너에게 너무 세게 엉덩이를 때리는 것 같은 말은 하고 싶지 않지만, 지금과 같은 경우는 겨우 합격점을 받는 그런 성적보다는 차라리 큰 실패가 아니면, 무조건 성공을 거두어 주기를 바라고 싶은 마음이 간절하다.

그렇게만 해준다면 얼마나 기쁜 일이겠니. 내 생각으로는 지금의 너는 능력의 반 밖에 발휘하지 못했으므로 더 올라야 할 성과도 걷다리 걸음을 하고 있다고 여겨진다.

확실히 큰 실패를 가져온 사실을 알았다 해도 별로 뾰족한 수가 있는건 아니다. 하지만 겨우 쫓겨다니는 신세를 면할 정도 밖에 일하지 않았다는 것보다는 나은 형편이겠지.

물론 너는 영리하고 현명하니까 적당히 중간에서 그만둘 수도 있겠지만, 그렇다고 언제까지나 능력의 반만 발휘하고 있다면 승진도 중도에서, 급료도 중간에서 머물고 말 것이다. 정상에 올라 최고의 급료를 받고 싶거든 온 정력을 기울여 능력껏 일을 해야 한다.

'그레함'이란 낙인을 찍힌 최초의 돼지는 하나님의 축복을 받았지만 경쟁 상대가 가공한 돼지는 지옥에 떨어진 돼지라는 걸 잊지 말아라.

그리고 우리 회사의 상품에 대해서는 하나부터 열까지, 그러니까 소나 돼지로 예를 든다면 살아 있는 것이든 통조림으로 가공한 것이든 코끝에서부터 꼬리끝까지 모조리 알아야 한다.

어머니가 어린 자식의 말소리만 들어도 알아차리듯이 상

품의 어디가 다르며 좋은가를 파악해야 한다. 2킬로그램 밖에 되지 않은 갓난아이를 그 아버지는 4킬로그램이 된다고 믿고 있듯이 자기 회사의 상품에 절대적인 신뢰를 가져야 한다.

그리고 네가 믿고 있는대로, 또는 그 이상으로 고객들에게 믿도록 할 일이다. 손님을 좇아다니며 경찰관같이 한 번 붙잡았으면 잘 훈련 받은 사냥개처럼 절대로 놓지 말아야 한다. 그러나 경쟁 상대에게 눈을 돌린 손님에 대해서는 길 잃는 사람을 친절하게 인도하는 마음으로 다시 단골이 되도록 서비스에 힘을 써야 한다.

그리고 아침에 일어나면 만족할만한 하루가 되도록 마음을 가다듬는 자세가 필요하다. 즉 돼지고기로 식사를 한 다음 사무실에서도 돼지를 생각하며 잠자리에서까지 돼지를 꿈꾸어야 성공할 수 있는 것이다. 그러니까 밤낮없이 자기의 상품에 대해 생각할 일이다. 정말 네가 이 일에서 만큼은 성공하고 싶다면 이 정도의 노력은 기울여야 한다.

기분에 따라 너무 많은 재료를 준비했는지 모르지만, 이 정도의 재료가 이미 관련되어 있다면 보다 큰 빵을 구울 수가 있겠지. 나중에 모자라는 것이 있다면 빵을 부풀게 하는 공기 정도면 해결될 것이다.

그러나 미리 준비할 수는 없는 것이 있다. 실제로 불에

굽지 않으면 부풀게 할 수 없다는 점이다. 내 말의 뜻을 깊이 명심해 두어라.

경쟁에서 이기면 너의 인생이
훨씬 더 멋진 것이 된다는 보상이
뒤따른다면 모를까 경쟁 따위는
무시하는 것이 좋다. 경쟁하는 것
그 자체가 즐겁다면 몰라도 그 이외의
이유로 남과 겨루는 것이라면 그것은
너에게 아무 도움이 되지 못한다.

Letter___43

주변에 관한 지식을 조금만 알아도 자리가 넓어진다

너는 몇 달 동안 비즈니스에 관한 실제적 지식을 터득하려고 관심을 보였다면, 언제든지 가질 수 있었을 것이고, 출장 중인 지금에도 회사 내에 근무하고 있다면 여러 가지 정보를 얻으려고 눈코 뜰 새가 없었을 것이다.

생활에 도움이 되는 지식을 터득한다는 것은 무엇보다 유익하고 재미있는 일이지만, 오직 너의 일에 필요한 지식뿐만 아니라 폭 넓게 사업에 관계되는 업무를 알고 파악함은 보다 발전된 일을 얻기 위한 보증서를 손에 넣은 것과 같다.

내가 잘못 생각하고 있는 것인지 모르겠으나 너는 회사에 있어서도 돼지와는 그저 인사를 나눌뿐 더 친하게 되려고 노력하지 않는 것 같다. 그것이 늘 마음에 걸린다.

물론 돼지에게는 특별히 예쁜 점은 없다. 하지만 어떤 동물이든 가까이 있는 자에게 많은 이익을 안겨다 준다. 그러므로 그 동물에 존경을 보내고 돌봐줄 가치는 충분하다고 본다.

나는 꼭 모든 일을 완벽하게 알아야만 뜻이 있다고는 생각지 않지만, 이제까지의 경험으로 보아 세상의 모든 일이란 반 정도만 알게 되면 나머지 반도 자연히 알게 되는 것 같더라. 그러므로 파는 쪽에 있는 사람도 만드는 쪽의 지식을 가져야 한다는 것이 내 말의 뜻이다.

공장에서 생산되는 과정을 모르면 장사에 대해서도 완전히 알 수 없는 것처럼 어떻든 넌 상품에 대해 알지도 못하면서 아는척 하는 고객이 있는 곳에 간 모양이더구나.

어떤 때는 그들로부터 햄이나 그 밖의 돼지기름 견본만을 내놓고 이것이 당신 회사의 경쟁 상대가 만든 것인데, 이런 것에 턱없이 '최상품'이라는 상표를 붙이고 있다면 재판소에서는 이 회사에 대한 소비자 보호 측면에서 어떤 결론을 내릴 것 같으냐는 질문을 받게 될 것이다.

그와 같은 질문 공세에 대해서 너라면 틀림없이 그 돼지기름의 냄새를 맡아보고 언짢은 얼굴로 이런 말을 하는건 안 됐지만, 이 돼지기름으로 도넛을 튀기면 달리는 화물열차에서 뿜어내는 역겨운 냄새가 날 것이라고 말하겠지.

그러나 그런 말을 했다가는 당장 그 손님은 가게 종업원들을 모두를 불러들여 이렇게 큰 소리로 외칠 것이 틀림없다.

"이봐요, 이건 바로 당신 회사에서 만든 거요. 증거를 보여드릴까요?"

이럴 때 너에게 확고한 상품에 대한 지식이 있었다면 이런 일을 당했어도 깜짝 놀라는 표정을 지으며, 한편으로는 태연하게 말했을 것이다.

"댁의 말씀에 꼬투리를 잡으려는 건 아니지만, 스미스 씨. 매킨즈사의 제품으로서는 매우 고급인 걸로 아는데요."

라고 반격하면, 오히려 손님의 고의적인 장난에 제동을 걸며 동시에 주문을 듬뿍 받을 수 있다.

다른 사람을 호의적으로 생각하고
호의적으로 말하는 것은 다른 사람을
위한 것이 아니라 자기 자신을 위한 일이다.

Letter___44

기회는 모기를 때려잡듯이 내 것으로 한다

자기가 하는 일에 대해서는 잘 알고 있어도 남이 하는 일은 잘 모르는 것이 세상일이다.

그러니까 사람들은 항상 비즈니스에 대한 정보를 얻으려고 혈안이 되어있고, 한 번쯤 도움이 될 사실을 알면 모기가 앉는 것을 미리 기다리고 있다가 후닥닥 때려잡듯이 그 기회를 확고히 포착하려고 든다.

물론 이때 못 잡았다 해도 기회는 다시 찾아온다.

그러나 최초의 기회에 모기를 잡지 못하면 다시 기회가 찾아올 때까지 많은 피를 빨려야 되는 것처럼 맨 처음에 붙잡지 못하면 손해를 보게 된다.

지금 네가 안고 있는 문제를 생각할 때마다 머리에 떠오르는 장면은 고향에서의 조슈 텐킨슨에 관한 일이다. 내 기억에 남아있는 지난 날 조슈의 모습은 뼈와 가죽뿐인 체격으로 그의 부인은 한 벌의 옷감으로 두 벌 옷을 만들 정도였다. 게다가 먹는 양도 적어서 그저 입에 풀칠만 하였는데 담배는 줄담배로 항상 입에 물고 다녔다.

그러나 그는 뛰어난 익살꾼으로 마을 사람들을 곧잘 웃음바다로 끌어넣곤 했단다. 그래서 아이들은 그가 담배 연기를 빨아들였다가 눈이나 귀, 코로 내뿜는 모습을 보고는 모두 넋을 잃고 구경하면서 사실은 그가 악마인데 몸 속에서는 불이 활활 타고 있다고 무서워하였다.

한 번은 그가 우리들을 놀라게 하는 현장에 유명한 후버 목사님이 지나가다 그 광경을 보고 이 사람은 결코 악마가 아니고 내 친척이라고 말해 준 적도 있었다.

후버 목사님은 고기라고는 한 점도 먹지 않는 엄격한 신자로서 그의 신앙에는 변명이나 적당히 넘기거나 비유 같은 나약함이 없었다.

그에게는 적당주의란 통하지 않아서 채권자와 타협하는 일도, 매상을 올리기 위해 남들보다 물건을 싸게 파는 일도 통용되지 않았다.

술은 마셔서 안 되지만 담배는 피워도 괜찮다고 말하는 다른 장로들과는 엄격히 다른 점이 있었다. 조슈는 그의 성격을 잘 알고 있었으므로 5년 동안을 후버 목사가 아무리 좋은 말로 타일러도 교회 야외 집회만은 참석하지 않았다.

그러든 어느 해 여름, 다른 때보다도 열기에 넘친 집회가 열리고 있었다. 모두들 집회 장소인 숲으로 몰려가서 거리에는 사람의 그림자라곤 찾아볼 수 없었다.

텅 빈 거리에 혼자 남아 있으려니 쓸쓸하기 짝이 없어 조슈는 견디다 못해 집회가 열리는 곳으로 달려가 근방의 나무 그늘에 숨어서 무슨 일이 벌어지고 있는지 귀를 기울이며 살펴보았다.

그때 연단에 올라 설교하고 있는 장로는 그야말로 1백 킬로그램은 됨직한 거인으로 우글거리는 맹수들 틈에 끼어도 끄덕없을 정도의 체격을 갖고 있었다.

'할렐루야' 찬송가가 울려 퍼지는 사이에 조슈는 살짝 나무 그늘에서 나와 참석자들 틈으로 끼어들었다. 그러나 그 장로는 누군가가 몰래 찾아들 것이라는 걸 미리부터 알고 있었다.

1분도 채 못 되어 조슈는 붙잡혀 단단히 설교를 받고 담배와 파이프까지 모조리 빼앗기고 내동댕이쳐 버려졌다.

조슈는 자기가 장난꾼이 아니었다면 틀림없이 구제 불능의 건달패가 되었을 것이라는 생각이 들때가 종종 있었다. 그런 사람은 비겁한 주제에 자존심만은 강해서 남에게 웃음거리가 되지 않으려고 담배 피우는 것을 즐기는 과장된 버릇을 갖고 있다.

그와 동시에 이번에는 먹는 것에 흥미를 갖기 시작했다. 하루에 여덟 번, 아홉 번, 먹을 것이 나오지 않으면 투덜거릴 정도였다. 그러자 그때까지 입고 있던 옷이 몸에 꼭 조여 입을 수 없게 되자 새로운 옷을 장롱에서 꺼내 입으려고 했으나 원래 깡마른 몸이라 새 옷이라 해도 작기는 마찬가지였다.

그런데 2주일도 못되어 새 옷도 작아져서 또 다른 옷을 장만했는데, 이번에는 좀 넉넉한 걸 샀다. 그래서 한 달쯤은 그럭저럭 입을 수 있었다.

지금 그는 상당히 살이 올라 뚱뚱해진 모습으로 계속 살이 찌고 있어서 홀쭉하던 배도 차츰 똥배로 변해 가고 그때마다 새 옷을 사 들여서 옷장에는 이미 14벌이나 쌓이게 되었다.

그래도 그는 '걱정할 건 없어! 그 동안에 살이 빠질건데 뭘 옷장에 넣어둔 옷은 그때 가서 입을 수 있다.'고 히죽거리면서 먹는데 열중했다.

그러나 몸무게가 무려 1백 5십 킬로그램을 넘자, 그렇게 태연하던 그도 입이 다물어졌다. 운동도 해보고 식사 제한 등 여러 가지 방법을 쓰며 살을 빼려고 애썼지만 몸무게는 변함없이 그대로였다.

마침내 그는 옷장 안에 차곡차곡 간직해 두었던 옷들이 아까웠지만 두탄이란 미망인에게 주어 버렸다. 그녀에게는 아들이 열넷이나 있어서 그가 준 옷 14벌이 모두 필요할 정도였다.

내가 조슈에 대해 이야기하는 뜻은 그만한 까닭이 있기 때문이다. 기회란 자주 찾아오는 것이므로 한 번 놓친 기회는 다시 붙잡으면 된다고 생각하겠지만, 결코 뜻과 같이 되지 않는다는 사실을 너에게 알리고 싶었기 때문이다.

무엇보다도 자기가 하는 일에 대해 낱낱이 파악하고 있는 사람이라면, 짓궂은 고객일지라도 내 편으로 끌어들일 수 있음을 네가 알아달라는 뜻에서 이 글을 쓰는 이유란다.

그런데 여기서 네가 꼭 알아야 할 점은 자기가 하는 일에 대해서는 될 수 있는대로 빨리 완전하게 파악하는 일이다.

일이란 곱게 벗어넘긴 머리카락처럼 깨끗하게 보이지만 자세히 살펴보면 여기저기 잔 머리카락이 너풀거리게 마련이다. 그러므로 곱게 단장했다고 생각되지만, 실은 여러 가지 너절한 머리카락이 있듯이 일에도 항상 함정이 도사리고 있는 법이다.

일이란 인간의 지렛대와 같은 삶의 중심이다.

Letter___45

어느 곡예사에게서 배운 삶의 참뜻

어렸을 때, 서커스 곡예를 본 적이 있었다. 무대 위에서는 핑크빛 운동복을 입은 곡예사가 유리 구술을 한 번에 8개나 10개를 공중에 띄우는 재주를 부리고 있었다. 이때 나는 입을 딱 벌리고 그의 빠른 손놀림에 정신이 팔려 그런 재주는 이 세상에 다시 없는 것으로 생각했다.

그런데 웬걸! 오른편에 있는 파란 수영복을 입은 여자 조수가 차례로 새로운 물건을 건네주었다. 석유 램프와 칼, 스푼, 포크, 접시 등을 곡예사에게 건네주면, 그 때마다 그는 자신만만한 모습으로 그것을 공중에 띄웠다.

젊은 사람들의 결점이란 알지 않아도 될 것까지 모두 배우고 싶다는 지나친 욕망에 들떠있음을 엿볼 수 있다. 지불한 입장료만큼의 재주만 손님에게 보여주면 된다는 뜻이다. 게다가 석유 램프나 식기 등을 공중에 던지는데 실패하고 싶지 않다는데 문제가 있는 것이다.

그러나 능력을 가진 젊은이라면 이것이 끝이라는 생각은 통하지 않는다. 자신만만한 자세로 느긋하게 얼마든지 새 지식을 익히고 솜씨를 보인다.

나는 너에게 늘 여유있고 자신에 넘친 얼굴을 하라, 월급날 뿐만 아니라 날마다 변함없이 일하고 있다는 모습을 실감해야 한다는 걸 바라고 있단다. 한편으로는 일에 온 정력을 기울이고 전문 지식을 넓혀서 만일의 경우에는 정확한 판단을 내릴 수 있는 센스를 가져 달라고 부탁하고 싶은 것이다.

그렇게만 하면 틀림없이 너는 우리 회사에서 최고의 영업사원들과 어깨를 나란히 할 수 있을 것이다. 나는 네가 거물로, 즉 강하고 크게 되어서 작은 물건들 틈에 끼어 있는 인물이 아니라는 걸 보여주기를 바라고 있을 따름이다. 이렇듯 아버지는 너에 대해 크게 기대하고 있단다.

자신의 생각은 자신의 것이라고 인정하는 것이 가장 현명한 방법이다. 그리고 나서 조용히 받아들인 다음 그것을 좋다, 나쁘다 판단하려 하지 말고 있는 그대로의 자신을 드러내 보이도록 하라.

Letter___46

자만은 인간 수업의 모자람에서 생긴다

이토록 슬프고 부질없는 편지는 두 번 다시 보내지 않게 되기를 바라면서 답장을 쓴다. 망아지를 처음 달구지에 맬 때는 매를 사용함은 당연하다.

채찍을 휘두르는 순간 순해지는 모습은 순종이 아니다. 또한 믿을만한 행위도 아니다. 그리고 이와 같은 비열한 행위 역시 바람직한 태도가 아니다. 어느 쪽이 좋고 그른가를 구별하기란 매우 어렵다.

성경에서 참을성이 강하다고 말씀하신 동물은 오직 나귀뿐이지만, 결코 설교 내용 때문만은 아니다. 사실 그대로다. 내가 이렇게 말할 수 있는 것도 어렸을 때 나귀의 생태를 자세히 관찰한 적이 있었는데, 그때 나귀는 참을성이 강하지도 않으면서 그런 체하고 있다는 꽤부림을 알았기 때문이다.

입에 담을 수 없는 온갖 욕설을 퍼부어야 곡마단 무대에 나오는 얼룩말은 여기저기 채찍자리가 나 있고, 또 눈치를 살피는지 곁눈질을 해가며 그저 슬픈 듯이 고개를 수그리고 고통을 견뎌내며 체념의 표정을 짓는 동물이란 인상을 받았다.

그러나 실제로는 그 순한 듯한 태도 뒤에는 필요에 따라서 끊임없이 비굴해지고 고집쟁이로 변한다는 것이다. 그리고 밤이 되면 마구간에서 발길질 연습을 하고 있단다.

물론 이 세상에는 결점만 있는 것은 아니다. 비록 나귀라도 말이다. 뭐니뭐니 해도 나귀의 반은, 내가 보기에는 분명히 말의 피가 흐르고 있어 앞발길질을 하는 거란다. 그러니 뒷발질을 하는 놈에게 쫓겨도 다치는 일은 없을 거다.

너도 이렇게 나귀를 훈련시키고 본성을 잘 파악하면 네 뜻대로 다룰 수 있다. 물론 좋은 마차를 값싸게 얻을 수만 있다면 이런 번거로운 일을 할 필요는 없다.

여기서 나는 나귀의 근성에 대해 썼지만, 실은 이 예는 대문 옆 그늘에서 어물어물 지내다가 "일어섯!" 하고 조금만 큰소리로 다그치면 후다닥 일어서는 젊은이들의 모습이 그렇기도 하다는 뜻이다.

이런 젊은이는 옆 친구가 승진했다고 하면 그에게는 빽

이 있었다면서 뒤에서 투덜거리고, 한편 자기의 지위가 강등되기라도 하면 상사가 밉게 봤다고 큰소리를 지르며 불평을 터뜨린다.

그 동안에 많은 백그라운드 경우를 봐왔지만, 그 뒷배경이 밀어준다 해도 신발끈을 쥐고 자기 발을 들어올릴 정도로 남을 끌어올릴 수는 없다. 또한 돈을 주려해도 호주머니에 있는 금액 이상의 돈은 줄 수 없다는 뜻이다.

자기에게는 빽이 있다고 으시대는 사람이라면 거짓말을 하고 있거나, 아니면 어리석은 고용주 밑에서 일하고 있음이 틀림없다.

그리고 빽을 썼다는 모함은 능력 부족이어서 상사도 그 이상 돌볼 수 없는 구제 불능인 자가 대부분이다.

그런데도 자기에게 알맞는 쾌적한 자리에 앉아있으면서도 어처구니없이 나쁜 자에게 지위를 빼앗기고, 원래 자기의 자리에 지금 그가 앉아있는 것이라고 불평만 늘어놓으니 알다가도 모를 일이다.

인간으로서의 가치를 최대한 높이기
위해 무언가 특별한 일을 할 필요는 없다.
이 세상에 태어났을 때부터 너는
이미 가치가 있는 인간이기 때문이다.

Letter___47

자기가 할 일을 미리 알고 있으면 큰 실수는 없다

뛰어난 인간은 맹견을 끌고 다니는 아이에게 놀림을 받는 고양이처럼 슬기롭게 자기의 몸을 보호할 줄 안다.

설사 2층 창가에서 아래에 있는 맹견을 향해 떨어졌다 해도 공중에서 정확하게 자세를 가다듬고 개가 달려들기 전에 재빨리 몸을 비켜 건너편에 있는 나무 꼭대기로 뛰어오른다면 위기를 모면할 수 있지 않겠니.

또 훌륭한 인간의 모습이란 지난 번에 너와 함께 관람한 미식 축구시합에서 본 그 키 작은 선수와 같다. 호르라기가 울리자마자 선수들은 일제히 움직이기 시작하여 양 팀이 서로 엉키어 대혼란을 일으키는데, 그 선수만은 다른 선수들이 와르르 달려드는 행동을 지켜보면서 고양이가 쥐를 노리듯이 혼란이 그칠 때까지 잠자코 경기의 흐름을 응시

하고 있었지.

나는 축구에 대해선 잘 모르지만, 아무튼 주장으로서의 사령탑 노릇을 하는 그 다부진 선수에 대해서 만큼은 알 것 같다. 그는 자기가 해야 할 일을 이미 잘 알고 있음이 분명했다.

자기가 해야 할 일을 분명히 알고 있는 사람이라면 남에게 자신이 어떤 일을 하고 있는가를 설명해 줄 필요가 없다. 자기가 하고 있는 일을 장황하게 설명하는 것은 그 내용을 잘 알고 있기 때문이 아니라, 알고 있다고 과장되게 생각하고 있을 뿐이다. 그러니까 쓸데없이 떠벌리는건 아무것도 모르고 있다는 증거다.

머리 속에 잡다한 생각을 너절하게 쌓아놓은 상태와 제대로 정리해서 필요할 때는 언제라도 꺼낼 수 있는 상태와는 하늘과 땅 만큼의 차이가 있다.

햄은 완전히 훈제가 되면 무게가 줄어든다. 흡수한 피클액이 구어지는 동안 모두 증발되어야만 비로소 상품이 만들어지기 때문이다.

너 역시도 그렇다.

여러 가지 정보를 받아들였으면, 그것들을 고이 간직해두고 필요할 때만 써야 비로소 회사에 도움을 주는 지식이 되는 것이란다.

모든 일에 대해 너무 모르는 것도 문제지만 지나치게 많이 안다는 것 또한 문제가 될 수 있다. 모르면 교육을 시키면 되지만, 너무 많이 알아서 머리 속이 꽉 차 있다면 그 자만심을 치료할 약이 없다.

그러므로 지식으로 부풀어오른 머리는 터지기를 기다릴 수밖에 없다. 가난이 선량한 사람의 마음을 비뚤어지게 하는 경우는 드물지만, 오히려 부가 사람의 마음을 더 많이 비뚤어지게 만든다.

하지만, 이것은 모두 일반론이다. 모두가 너에게 해당된다고는 말할 수 없다. 그러나 여기서 확실하게 구두의 끈을 졸라매 둘 필요가 있다.

자기에 대한 평가는 소홀히 하기 쉬워서 천사가 자신의 참모습처럼 보이기도 한다. 그리하여 거울처럼 여성들에게 진실을 가르치고 남성들에게는 턱없이 거짓말을 하는 것도 이 세상에 없는 이율배반적인 현상이다.

자기의 목표가 확실하면 그 길을 향하는 발걸음 가볍다.

생각을 바꾸면 다른 삶을 경험하게 된다.

Letter___48

작은 기지와 재치는 일을 원만하게 만든다

내가 잘못을 지적하고 주의라도 주면 넌 곧잘 뽀로통하고 얼굴을 외면한 채 굳어진다. 그런 자세라면 마음이 넓은 훌륭한 비즈니스맨이 알아두어야 할 덕목을 익히기도 전에 일그러진 표정이 몸에 배어 버리지 않을까 염려된다.

먼저 일에 대한 올바른 이해와 자세가 필요하다. 그렇게 하면 너는 바른 방향으로 한 걸음 내딛을 수 있다. 무엇보다도 고객들로부터 달리 보아지게 될 것이다. 그리하여 발걸음을 더 내디딜수록 고객들의 신뢰는 두터워진다.

이제 알겠니. 지금의 너는 아내와 어머니를 한지붕 밑에 둔 사나이와 같은 입장에 놓여 있다. 한쪽을 즐겁게 하려들면 다른 쪽은 화를 낸다. 양쪽을 다 기쁘게 하려면 결국 모두를 화나게 만드는 경우다.

그래서 마지막은 아내로부터 버림을 받고 어머니에게서는 상속인의 지정이 취소되어 받아야 할 유산은 모조리 고아원 같은 사회사업 기관에 양도되는 일을 당한다. 그리고 유서의 보충 조항으로 '차라리 고아라면 부모에게 불효하는 일은 없을 것이므로—'라는 단서가 붙는다.

그러나 이런 사람일지라도 조금만 재치를 살려 아내와 어머니를 따로 살게 하여 겉으로라도 자기를 가장 사랑하고 있다고 생각하도록 해주면 가정은 원만하게 이루어진다.

여기서 말하는 재치란 중요한 입장에 놓여있을 때 소동을 일으키지 않는 자제력이고, 언제나 기분을 상하지 않게 하는 재능이며 자기보다 뒤진 자에게도 열등감을 주지 않는 지혜를 말한다.

이러한 재치를 가지고 있는 사람이라면 비록 벌에 쏘여도 시끄럽게 떠들지 않고 냉정하게 그 침을 빼낼 수 있다.

이를테면 앞에서 말한 거짓말쟁이 빌 존슨에 대하여 '저 사람은, 저 놈은 거짓말쟁이'라고 직선적으로 말한다면, 그는 당장 빌로부터 공격을 당한 나머지 서먹한 관계에 놓이게 될 것이다. 또 어떤 사람은 그의 아버지는 은혜를 원수로 갚는 사람이라고 부도덕한 언사를 마구 해대다가 결국은 미움을 사기까지 했다.

그러나 재치있는 사람은 그 허풍쟁이 빌 존슨만큼 감동적인 얘기를 들려준 사람이 없다고 말한다. 이 말을 들으면 빌도 금방 호의적으로 대해 줄 것이 뻔하다.

아무튼 허풍쟁이 남자를 예로 들어 그와 비교함은 가장 실랄한 비판이라는 것을 이해해 주기 바란다. 미처 그 사람은 몰랐기 때문에 날마다 빌로부터 여러 가지 주문을 받게 된 이유를 말함이다.

자신의 일을 사랑하는 것은 주위에 있는
모든 사람을 위하는 일이기도 하다.
그것은 자신의 일을 사랑하기 때문에
행복하고 다른 사람과 함께 즐거운
존재가 되기 때문이다.

Letter___49

불리한 일은 감추면 더 커진다

지식에는 두 가지가 있다. 하나는 누가 알아도 좋은 지식인데 이를테면, 학교에서 배우는 지식이고, 다른 하나는 자기만이 간직한 채 남이 알아서는 안 되는 지식을 말한다.

그 빌 존슨에 대해 너는 어떤 생각을 가지고 있느냐? 그것이 바로 이에 해당되는 문제이다. 그렇지만 앞으로 만날 사람이 방심할 수 없는 인물이라고 생각되면 무기를 들고 상대하면 된다. 다만 그에게는 절대로 호주머니 속을 보이듯 심중을 털어 놓아서는 안 된다.

그에게는 될 수 있는대로 진실을 말해야겠지만, 경우 따라 네가 그에게 거짓말을 하고 있다는 속마음은 어떤 일이 있어도 피해야 한다.

그러나 뭔가 잘못을 저질렀을 경우에는 그걸 감추려고 해서도 안 된다. 그 자리에서 분명하게 밝혀야 한다. 아무리 감추어 봤자 곯아버린 계란은 곧 들통이 나게 마련이니까.

물론 상자 속 깊숙이 감추어 두면 그것이 발견되기까지는 상당한 시간이 걸리겠지.

하지만 그 곯은 계란이 아침 식탁에 올려졌을 때 손님이 받는 인상은 나빠질게 뻔한 일이 아니겠니?

잘못이나 약점을 감추려면 또다른 거짓말을 본의 아니게 해야 한다. 그래서 그 거짓말은 눈덩이처럼 커져서 가까스로 신뢰하는 탐스러운 꽃을 피운 나무를 뿌리 채 못 쓰게 해 버리는 돌이킬 수 없는 결과를 가져오는 무서운 결과를 초래하게 된다. 이럴 때 너의 입장을 가늠해 보기 바란다.

때로 인간은 정원같은 존재이다.
아주 새로운 것과 단순한 것을 함께
가지고 인생이란 길을 떠난다. 한편으로는
애정과 자비심을 가지고 자기 자신을
기르고 가꿔서 또 변화의 과정을 거쳐서
성장되었을 때 아름다운 삶을 손에 넣을 수 있다.

Letter___50

유능한 비즈니스맨은 솜씨 좋은 요리사와 같다

직장이나 고객들로부터 어느 한쪽의 신뢰를 받으려면 아주 쉬운 일이다. 그러나 너에게 필요한 것은 양쪽 모두에게서 신뢰를 받는 일이다.

회사에서 너에게 급료를 지불하고 고객들은 네가 급료를 받도록 상품 구매라는 힘으로 밀어주고 있다.

만약 고객으로부터 돈을 긁어모으는 데만 급급하다면 손님과는 두 번 다시 상거래를 하지 못하게 될 것이며, 회사의 뒤나 파서 배신하는 행동을 하게 되면 직장을 잃게 된다.

그러므로 다리를 건널 때는 그 복판을 똑바로 걸어야 한다. 어느 한쪽으로 치우쳐 걷게 되면 균형을 잃어 다리에서 떨어질 위험이 있다.

고객들의 신뢰를 얻어 모든 것이 뜻대로 된다 해도 낮에는 언제나 눈을 번득여서 모처럼 구축해 놓은 영역이 무너지지 않도록 살펴보아야 한다. 또 저녁에는 어떻게 해서든지 남의 영역에 파고들 궁리를 해야 한다. 장사가 잘 될수록 새로운 손님을 유치해야 할 기회임을 명심하기 바란다.

이때는 어떤 손님이라도 힘 안 들이고 쉽게 끌어들일 수 있는 여건이 조성되어 있다. 그리고 장사가 신통치 않을 때일수록 새 손님을 획득해야 한다. 이 시기는 좋든 나쁘든 주문이 무엇보다도 필요하기 때문이다.

영업사원이라면 판다는 것은 먹는 음식에 비유할 일이다. 식욕을 충족시키지 위해서는 먹은 것만큼 수요를 채우기 위해 팔면 된다고 생각할 것이다. 그러나 우수한 영업사원은 뛰어난 요리사여야 한다. 손님이 배가 고프지 않아도 먹고 싶어 하는 욕구를 일으키는 지혜가 필요하기 때문이다.

아무리 좋은 방법이라도 10년을 하루같이 사용하고 있으면 그만큼 새로운 방법에는 뒤지게 마련이다. 이런 말을 하면, 아마 너는 턱없는 소리라고 생각할지도 모른다. 그러나 이 말은 제대로 정곡을 찌른 경험이 주는 결과이다.

지난 해도 오는 새해도 변함없는 같은 일만 되풀이하고 있으면, 예를 들어 한 달 내내 빠지지 않고 메추리 고기를 먹고 있는 것과 같다. 2주일만 지나면 메추리 고기가 제아무리 고급 요리라 해도 신물이 날 것이다. 어쩌면 까마귀 고기라도 좋고, 돼지비계살도 좋고 심지어는 개고기 구이라도 좋으니 다른 것을 먹고 싶은 것은 자연 현상이다.

'외관도 자기의 얼굴, 머리 속도 같은 뜻을 가질 때 빛난다.'

쇼터 씨로부터 그토록 많은 주문을 받았다는 것은 반가운 일이다. 그런 주문이야말로 너로부터 듣고 싶었던 소식이었다. 차량 1대 분이라니 양도 많지만, 이미 그만한 양은 창고에 생산되어 비축하고 있으니 조금도 걱정할건 없다. 이렇게 계속 주문을 받아 즐거운 비명을 올리게 해주기를 바란다.

이번 주부터 너의 급료를 1주일에 3백 달러를 받도록 경리과에 얘기해 두었다. 좋은 옷이라도 한 벌 맞추도록 하여라. 대금은 내가 지불하겠다.

말을 몰든가 탭댄스를 추어서 먹고 사는 사람이라고 오해 받지 않을 정도의 옷을 마련하도록 하여라.

대학을 나온 뒤에도 너의 복장에 대한 취미는 조금도 바뀌지 않더구나. 지난 주에 사장실을 찾아왔을 때의 그 꼴은 도대체 뭐냐? 그런 모양새는 죽은 남편의 무덤 위에 들국화를 놓는 과부와 같은 차림이었다.

물론 복장으로 그 사람의 모든 것이 결정되는 건 아니다. 하지만 일하는 동안만이라도 얼굴과 두 손을 빼고는 온몸이 옷으로 감싸여 있는 모습이 인간의 아름다움이 아니겠니. 인간의 몸에서 이만한 차림이라면 누가 무시할 수 있겠느냐. 더러운 옷을 입고 있어도 속살이 깨끗하다는 건 잘 알지만, 그 마음까지 깨끗하다는 것은 모르는 법이란다.

만약 옷을 입은 채 잠자리에 든 몸가짐으로 회사에 모습을 나타낸다면, 대다수의 직원들은 '아, 이 사람은 옷도 벗지 않고 잠자리에 들 정도로 지저분한 사람'이라고 비아냥거릴 것이 아니냐.

네가 아무리 어깨 위에 비듬이 뿌옇게 내려앉아 있는데도 보는 사람들에게 불쾌하게 하지 않으려고 늘 주의를 하고 있다고 설명해 봤자, 아무도 네 말에 귀를 귀울이려고 하지 않을 것이다.

또 청백의 줄무늬 바지에 빨간 넥타이 차림을 하고 있다면 내기와는 거리가 멀다고 해도 식사 때 초대되어 축복의 말을 건네주는 점잖은 친구를 사귈 수 없을 것이다.

Letter___51

자기를 성장시켜 주는 외모 가꾸기

걸치레가 남을 속인다는 건 잘 알고 있다. 어차피 그렇다면 자기에게 손해가 안 되고 득이 되도록 걸치레를 슬기롭게 이용할 수 있도록 연구해 볼 일이다.

10센트로 수염을 밀고 5센트를 들여 신발을 닦은 것만으로 1천 달러 어치의 큰 거래를 성사시킨 예가 있는가 하면, 이와는 반대로 한 개피의 담배와 한 잔의 술로 1백만 달러 어치의 돼지고기를 물거품으로 만들어 버린 경우도 있다.

4~5년 전의 일이다. 짐 잭슨 회사의 창고 주임은 소심하기로 소문난 사람이었는데, 그 짐 사장이 돼지 부스러기 고기를 매점하여 값을 10달러까지 올려받는데 성공한 다음날, 거래처 소매인들과 상담하러 가기 직전에 위스키 한 병을 들이키는 광경을 창고 주임이 보았다.

이 소문은 삽시간에 회사 안으로 퍼져 직원들 모두는 사장이 뭔가 켕기는 데가 있어서 출근하자마자 그렇게 술을 퍼마시는 걸로 생각했다.

그래서 뭔가 보여주어야 한다는 식으로 쌓여 있는 돼지고기를 깡그리 팔아버리고 창고를 텅 비어 놓았다. 그야말로 창고 안에 돼지고기 그림자라고는 아예 찾아볼 수 없게 만들어 버렸던 것이다.

그런데 나중에 안 일이지만 사실 켕기는 일이라곤 아무것도 없었다. 짐 사장이 아침에 술 한 병을 들이킨 것은 모든 일이 자기 뜻대로 잘 되어 기분이 좋았기 때문이었다.

이렇듯 세상은 속마음만 충실한 것으로는 통하지 않는다. 외관도 동시에 갖추어져 있어야 한다. 뭐니뭐니 해도 성공의 3분의 2는 제대로 갖추어져 있는 사람이라고 남들이 인정해 주는가의 여부에 달려 있다.

그러므로 자기는 아무리 예외라고 생각해도 세상의 룰[법칙]에 따라야 한다. 제멋만으로 살아갈 수 없는 환경이 바로 세상의 일이다.

이 세상을 살아가는 보통 사람들은 넷에 넷을 더하면 여덟이라는 당연한 계산만큼이나 사나이 더하기 술 한 병은 별로 신통치 않은 일로 생각하고 있으므로 업무 시간에 훌륭한 인물이 술이나 퍼 마시고 있으리라고는 전혀 판단할 수 없는 자기 과오로 하여 일을 망친다.

하나님은 개개인에게 일정량의 만족을 점지하셨다.

대부분의 시간을 낚시질로 보내면서 만족을 얻는 자는 돈벌이로는 충분한 만족을 얻을 수 없고, 반대로 대부분의 시간을 돈벌이로 만족을 얻는 자는 낚시질로는 충분한 만족을 얻을 수 없다.

어느 쪽으로 할 것인가는 각자가 정할 일이다. 그러나 양쪽 모두 만족을 얻으려는 것은 허용되지 않는다. 돈벌이에 급급해서 낚아지는 고기수는 적다.

목적이 먼 데 있으면 한눈을 팔지 않고 곧바로 걸어가야 한다.

하루하루를 치열한 경쟁 속에서 살아가는 현대인은 많은 사람들을 만나게 된다.

그럴 때마다 남 앞에 당당히 마주 서려면 다음과 같은 조건이 요구된다.

'타협적으로 일을 처리한다. 설득력을 발휘한다. 효과적인 대화를 통해 남을 내 편으로 끌어들인다.'

Letter___52

정상에 오를수록 시야는 넓어지지만 바람은 거세진다

그러니까 벌써 10년 전의 일이다.

어느 날 사무실을 둘러보고 있으려니까, 우편물을 담당하고 있는 소년들 중에 한 아이의 인상이 퍽 좋았다. 그런데 그 아이는 글씨를 쓰면서 노상 턱을 쉴 새 없이 끄덕거리고 있었다. 그걸 본 순간 반사적으로 왠지 알 수 없는 화가 치밀었다.

그러나 난 호통을 치지 않고 그 자리에 서서 잠자코 아이를 내려다보고 있었다. 어찌나 작업 속도가 빠른 지 보기에도 감탄할 정도였다. 그 아이는 내가 누구의 월급을 올려줄까 하고 감시하고 있는 것 같이 보였던 모양이다.

그런 자세로 꼬박 5분 동안을 위에서 내려다보고 있었지만, 나에게는 전혀 관심이 없다는 듯 일을 계속하며 연신

턱을 우물거렸다.

저 녀석은 뭔가 승부 내기 일을 시키면 틀림없이 이길 거다! 잠시라도 비굴한 모습을 보이지 않으니……. 그러나 그런 그도 결국 끝에 가서는 참지 못해 숨이 막히는 모양이었다.

그때 나는 외쳤다.

"뱉아냇!"

그러자 아니나 다를까 입 안 가득 넣고 있던 씹는 담배가 쏟아져 나오지 않는가. 난 그걸 보고 화가 머리끝까지 치밀어 올랐었다. 금방 그 아이에게 욕설과 함께 주먹이 날아갈 뻔했다. 그러나 그때 불연듯이 생각나는 게 있었다.

나는 다정스럽게 소년 곁으로 다가가 어깨에 손을 얹어 놓으며 이렇게 말했다.

"자 어떠냐. 그 담배를 끊겠다고 맹세하지 않겠니?"

라고 말이다

물론 그는 맹세했다. 겁이 나서 새파랗게 질려있었으므로 비록 내가 숨을 멈추라고 호통을 쳤더라면 아마도 그렇게 했을 것이다. 물론 그 바람에 나는 소중한 만년필을 그 소년에게 건네주는 꼴이 되었지만 말이다.

이런 말을 하는 뜻은 이 이야기를 거울 삼아 높이 오르면 오를수록 남의 눈에 띄기 쉬우므로 모든 일에 제멋대로 행동할 수 없다는 걸 네가 알아주기를 바라는 마음에서다.

너 역시도 사람인 내 아들이니까. 물론 너에게도 악의에 찬 많은 사람들의 시선이 쏠리고 있기 때문이다.

남이란, 만약 네가 성공을 한다면 그건 우연이라고 평가할 것이고, 실패라도 한다면 거 보라고! 처음부터 그렇게 될 줄 알았다고 말하는 것이 세상의 평판이다. 명심하기 바란다.

유명한 작가 아놀드 베네트는 이렇게 말하고 있다.
“아침에 일어나면 제일 먼저 지갑을
열어보라. 지갑에는 이상하게도 24시간
이라는 하루가 가득차 있다. 이것은 당신이
가지고 있는 것들 중에서 가장 값비싼 화폐다.”

Letter___53

겉과 속마음이 함께 하도록 노력하라

내가 왜 이렇게 열심히 외관, 즉 겉모습에 대한 이야기를 너절하게 쓰느냐 하면 세상에는 참으로 그 사람의 속마음인 알맹이를 보고 판단하는 사람이 많지 않기 때문이다.

초면의 사람과 만났을 때 얼굴을 보고 인물을 판단하는 것이 한 사람이라면, 열 사람은 상대의 겉모습을 보고 판단한다.

우리 회사 공장에 수십 명의 고위층 인사들, 수백 명의 대학 교수, 박사들이 견학을 왔지만 종업원들은 누가 방문을 오더라도 전혀 모른체 하며 다만, 그들이 앞을 지나칠 때 짧은 목례를 할 뿐이다.

그러나 존 사리반이 공장을 방문했을 때만은 달랐다. 모든 공장의 기계가 일제히 멈추고 전 종업원이 환성을 지르면서 뛰어나와 한 줄로 서서 박수를 치며 그를 맞이했다.

왜 그랬는지 알겠니!

그는 자기가 하는 일이 무엇인가를 분명히 아는 사람이었다. 그러니까 굳이 설명을 하지 않더라도 그가 그 계통의 권위자라는 사실을 알고 있었기 때문이다.

물론 어떤 한 분야에서 권위자가 되면 구태어 그걸 내비치지 않아도 마음이 언짢지는 일은 없다. 물론 젊은 사람 같으면 권위자가 아니라도 그럴듯하게 보이는 모습은 하나의 큰 태산과 같은 일이지만…….

겉모습으로 판단이 좌우되는 사람이라면 전혀 관계가 없지만, 너까지 그런 품성을 지녀서는 안 된다. 이것만은 꼭 명심해 주기 바란다.

그 뜻은 출중한 외관에 훌륭한 알맹이가 함께 들어있도록 노력할 일이다. 그리고 다른 사람들도 그렇게 하고 있는가를 확인해 봐야 한다. 그러나 의식하는 눈으로 보라는 뜻은 아니다. 다만 주의를 기울이라는 충고의 말이다. 의심이 많은 사람은 스스로 어려운 사태를 일으키지만 주의 깊은 사람은 미리 예방할 줄 아는 지혜를 발휘한다.

좋게 보이는 겉모습만으로 판단하여 당장 그 자리에서 말|馬|을 사는 어리석은 사람은 없다. 대개는 상대가 팔려고

내놓으면 어디에 흠이 있지 않은가 말을 넓은 장소로 끌고 가서 밝은 햇빛 아래서 결함을 찾아내려고 몸통의 털까지 낱낱이 살펴보기도 하고 말굽을 쳐들어보며 병이 들지 않았는지, 또 그것만으로도 미심쩍어 갈기를 쓰다듬어 본다.

그리하여 이런 검사에 합격하면 다음에는 직접 말을 타고 2~3킬로미터를 달려본다. 달릴 때 숨이 차서 씩씩거리지나 않는 지 아무것도 아닌걸 보고 놀라지 않는 지, 제대로 곧바로 달리는 지, 다른 말과 부딪치는 사고를 저지르지 않는 지 세밀하게 점검한다.

이 정도에서 아무 데도 결함이 없다고 판단되면 비로소 말주인에게 돈을 지불한다. 그것도 부르는 값의 반이나 깎아서……. 이렇게까지 해서 말을 샀는데도 혹시 자기가 잘못 사지 않았는가 하는 걱정이 남는다.

여기서 나는 말을 예로 들었지만, 이것은 인간에게도 똑같이 해당되는 경우이다.

멀리 여행을 떠날 때 아무래도 어떤 사람을 데리고 가야만 할 경우, 너 역시도 그 사람이 어떤 인물인가를 자세히 알아볼 것이 아니겠느냐. 준비된 사람은 실수를 하지 않는다.

Letter____54

겉만 보고 낭패를 당한 쓰라린 체험

예전에 아주 깔끔한 청년을 청구서 발행 담당으로 채용한 일이 있었다. 겉보기에 인상이 좋은 것만 보고 채용했던 것인데, 실제로 일을 시켜보니 계산이 엉망이었다.

그래서 1주일 뒤에는 그만두게 할 수밖에 없었다. 면접하러 온 날 아침에 면도할 돈 15센트를 마련하기 위해 자기가 쓰는 면도칼을 전당포에 맡겨야 하는 젊은이였다.

처음부터 그런 사실을 알았다면 나 역시 정확한 계산이 필요한 일에 이런 엉망인 젊은이를 채용하지는 않았을 것이다.

또 어떤 수금 사원을 너무 지나치게 믿은 일도 있었다. 그의 이름은 찰리였는데 세련된 화술과 깔끔한 몸매를 가진 그야말로 탓할 데가 없는 젊은이였다.

급료는 그다지 많지 않았지만 용도를 잘 분간하여 자기가 번 1달러로 1달러 5센트의 가치를 얻으려고 나름대로 애를 쓰는 것 같았다.

그러니까 매우 알뜰했단다. 유행 같은 걸 좇는 일도 없고 그렇다고 유행에 둔감한 쪽은 더욱 아니었다. 머리끝부터 발끝까지 한 치의 빈틈도 없어보였다.

게다가 대화는 언제나 조심스러웠고 예의도 바른 편이어서 어느 것 하나 흠잡을 데가 없었다.

그 찰리가 우리 회사에 온 지 2년이 지난 어느 날의 일이다. 외근에서 돌아오는 그의 얼굴은 몹시 언짢은 표정이었다. 그래서 나는 아무 말없이 그를 격려하는 뜻에서 50달러를 쥐어 주었다. 그때 찰리만큼 50달러가 효과를 발휘한 일은 달리 없었을 것이다.

그러자 그는 나에게 고맙다는 말을 했는데, 그 태도가 너무나 침착했다. 더듬거리거나 공치사를 하지 않았다.

그래서 찰리의 급료를 올려주고 보다 책임있는 자리에 앉히기로 마음먹었다.

그 뒤 곧바로 내 방으로 돌아와 일에 몰두했기 때문에 찰리에 대해서는 까맣게 잊어버렸다. 그 일에 대해 생각난 것은 퇴근 시간이 임박해서였다. 문을 열자, 거기에는 몹시 침울한 표정으로 경리과장이 서 있었다.

"방금 노크하려던 참이었습니다."
라고 조심스럽게 말했다.

"왜, 무슨 일인가?"

"실은 찰리의 수금액에서 8백 달러가 모자랍니다."

"음……."

나는 눈썹 하나 까닥하지 않았지만 어안이 벙벙했다.

"그래서 오늘 체포하도록 경찰에 부탁해서 형사를 대기시켰는데, 그 친구가 먼저 퇴근해 버렸습니다."

"그래서 도망쳤단 말인가?"
하고 나는 물었다.

"예, 그런 것 같습니다. 그런데 아무래도 이해가 가지 않는 점이 있습니다. 오늘 아침만 해도 그 자식 돈 한푼도 갖고 있지 않았는지 봉급을 가불하려고 했습니다. 물론 안 된다고 했지요. 이번 주에 수금한 돈을 몽땅 놀음으로 탕진한 뒤였으므로 오늘 수금한 것만은 아닌 것 같습니다."

나는 아무 소리도 하지 않았다. 그러나 마음 속으로는 회사 안에 횡령꾼이 있었다는 건 틀림없다고 생각했다.

다음 날, 그 일은 확인으로 바뀌었다. 그렇게도 예의 바르고 의리 있는 찰리로부터 전보를 받은 것이다.

"사장님. 지난 일은 죄송합니다. 그저 감사할 따름입니다."

우편소인은 몬트리올이었다.

이렇듯 그 녀석이 세심하게 신경을 쓰는 건 여전히 변함이 없었다. 보라는 듯 짧은 전문에도 깍듯한 인사가 숨겨져 있지 않는가! 하지만 감사할 따름이라는 말은 퍽 어울리지 않은 표현이지만……. 이런 말을 들은 건 난생 처음이었다.

찰리에 대한 사건은 좋은 공부가 되었다. 단돈 850달러로 이만한 것을 배웠으니 수업료로는 싸지 않느냐!

이렇게 내 경험을 네가 알려면 1천 달러나 2천 달러는 들겠지만, 그런 돈은 쓰지 않도록 하기 위한 이 아버지의 마음을 살펴주기 바란다.

호기심은 흥미를 자아내는 훌륭한
목수와 같다. 역사에 남는 위대한
발명이나 발견은 모두 강렬한 호기심을
가진 사람들에 의해 이루어졌다.
여러 가지 일에 흥미를 갖고 열의와
의욕에 불타는 사람이었다는
사실은 결코 우연이 아니다.

Letter___55

인간관계를 생산적으로 다루는 비결

이번에 너를 지방 출장 영업 담당에서 돼지기름부 부장대리로 승진시키기로 결정했다. 부장대리가 되면 급료도 주 5백 달러로 인상되고 맡은 업무도 중요하다.

어쨌든 너 없이는 부장도 부서 전체를 이끌어갈 수 없고, 너 역시도 부장 없이는 업무를 수행하기 어려울 것이다.

무엇보다 돼지기름부의 업무를 제대로 파악해야 한다. 그리고 너 자신을 잘 알아야 함은 물론, 부하 직원에 대해서도 품성과 능력의 한계쯤은 파악하고 있어야 한다.

내일 5달러를 버는 것보다, 오늘 1달러를 버는 편이 낫다고 생각하는 자에게 돼지기름은 그저 단순한 기름에 지나지 않을 것이다.

그렇지만 너의 전임자인 통조림 식품부로 옮겨간 잭 스

미스에게 있어서 돼지기름은 중요한 가치를 의미했다.

돼지기름에 대해서 만큼은 추종을 불허하듯 잭은 그것이 돼지의 체내에 있을 때부터 후라이팬에 넣어질 때까지는 물론이고 역사 속에 나타난 돼지기름의 역할이라든가, 종교에 있어서의 돼지기름이 미치는 영향에 이르기까지 그야말로 광범위한 지식을 섭렵한 직원이다.

회사가 면실유나 옥수수 기름을 제조하기로 결정했을 때 잭은 한없는 아쉬움과 슬픔에 젖기까지 했다.

그러나 곰곰히 생각해 보면 그가 이제까지 돼지기름을 먹을 수 없었던 특수 종교인들을 개심시키는데 강력한 조언자가 되었음은 사실이다.

여기에 착안한 잭은 유태인들이나 채식주의자들에게 설득을 시작했다. 잭은 정말로 열성적이었다. 이 열성이 일하는데는 가장 중요한 원동력이 될 수 있다. 열성적이면 힘든 일도 한결 수월해지는 법이다. 노력해 볼 일이다.

한 알의 씨앗이 새로운 개념으로서
심어지고 가꾸어져서 인간의 품격에
활기를 불어넣어준다. 그 가능성과
능력과 생활의 규모를 넓혀가는 지혜야말로
인간만이 누릴 수 있는 축복이다.

Letter___56

이론만으로는 아랫사람을 움직이지 못한다

젊은 사원들 대부분이 생각하기를 부장은 규정을 마음대로 바꾸고 만들어서 자기의 뜻대로 할 수 있으니까 얼마나 좋으냐고 선망의 대상이 된다.

그런데 실제로는 그 부분에서 부장만은 자기 뜻대로 할 수 없는 존재다. 타인 위에 군림하는 자는 줄타기와 같다. 눈 밑으로 여러 종류의 경치가 내려다보이고 방해하는 것은 없지만, 항상 줄에서 발을 헛딛지 않도록 똑바로 걸어가지 않으면 위험에 처한다.

평사원에게는 복종해야 할 상사가 한 사람 부장 밖에 없다. 그러나 부장에게는 부하인 평사원과 같은 수의 상사가 있다. 부장은 틀림없이 규칙을 정한다.

때로 평사원은 그 규칙을 안 지켜도 되지만, 부장만은 어떤 일이 있어도 규칙을 지켜야 한다. 부장은 부하들보다 뛰어나니까 상급자인 것이다. 항상 남보다 뛰어나지 않으면 안 된다는 책임이 있는 자리다.

사람은 자기 능력 이상의 것을 남에게 요구할 수 없다. 주문을 받지 않고 상품을 발주할 수 없는 이치와 같다. 그러므로 규칙을 만든 본인에게도 그것을 지킬 수 없을 정도로 엄격하다면 부하 직원들도 지킬 리가 없다.

늘 잠꾸러기를 아침에 일찍 깨우는 상사는 바로 탁상시계일 따름이며, 일을 잘 하는 유능한 상사가 있는 부서일수록 활기에 차 있고 능력껏 일하는 부하가 모여 있다.

물론 부장이 지녀야 할 의무의 일부분에 지나지 않으므로 이것만으로 특등석에 마음 놓고 앉을 수 없다. 이밖에도 모든 부하들을 올바르게 이끌고 제대로 관리하는 능력이 절대적으로 필요한 것이 부장의 위치며 자리다.

그러나 거기에 일반론으로 대해 봤자 아무 소용이 없다. 부하들 한 사람 한 사람 모두가 개성이 다르므로 각자에 맞는 처방전을 생각하지 않으면 안 된다.

이를테면 프리마스록종의 암탉에게 아담하고 살기 좋은 닭장을 만들어 주고 새하얀 옥돌 같은 알을 낳게 하고 싶지만, 금방 알을 낳지 않는다고 해서 폐계시켜야 할 나이로 지레 짐작해서는 안 된다. 고추가루를 섞은 먹이를 주며 느긋하게 기다리고 있으면 언젠가는 기대에 부응해 주는 법이다.

그렇다고 혹독하게 부려서 부하들을 자기 뜻대로 하려는 방법에는 찬성할 수 없다. 매질은 피부 밑에 상처를 남기는 법이다. 뺨을 때린 것에 대해서는 열이면 열 모두가 용서할 수 있을지 모르나 자존심에 상처를 입히면 용서하는 사람이 한 사람도 없음을 주의해야 한다.

이렇듯 어떤 사람에게 뭔가를 주의시킬 경우라면 본인에게 분명히 진실을 말해 주는 게 좋다

그러나 모욕적인 언사를 해서는 안 된다. 모욕을 주면 상대는 너를 믿지 않게 될 것이며, 말을 듣도록 만들기는 이미 물 건너간 일이다.

하지만 크게 걱정할 필요는 없다. 부하를 외근으로 내보내면 출장 중에 진실을 깨우쳐서 남에게 지적 받기 전에 스스로 자기의 결점을 고치려드는 것이 부하 직원의 생리이다.

매력있는 인간이 되면 많은 친구를 얻는다.
남으로부터 존경과 협력을 얻는다. 인정을
받기 때문에 지도자의 자질을 갖춘다.
주위 사람들에게 활력을 느끼게 해주어
성공에 도움을 받을 수 있다.

Letter___57

칭찬은 가장 좋은 투자다

부하를 부릴 때는 그 전에 깊이 생각해 보아야 한다. 그러나 칭찬할 때는 서슴없이 말을 꺼낸다. 기회를 놓치면 가까운 길을 두고 먼 길을 가는 거와 같다.

그 자리에 맞는 칭찬의 말은 투자와 같은 높은 부가가치가 따른다.

부하의 본성을 판단할 때는 남의 평가를 주시해야 한다. 훌륭한 관리직에 있는 사람이라면 탐정 같은 의심은 필요없으며, 또 반대로 인간의 본성을 꿰뚫어 볼 수 없는 관리직은 남을 관리할 자격이 없다.

얼굴을 보면 그 사람의 성격을 알 수 있고 낮에 하는 행동을 보면 밤의 비밀을 자연히 터득하게 된다.

사람을 고용할 때는 신중을 기해야 하며, 그만두게 할 때면 주저하지 말아야 한다. 그러나 사람을 잘못 보고 채용했다는 사실을 알았다면 아무리 빨리 그 사람을 그만두게 해도 결코 빠른 것이 아님을 깨달아야 한다.

비록 많은 비용이 든다 해도 지체없이 그만두게 하는 것이 최선의 방법이다. 그만두어야 할 사람이 회사에 남아있다는 것은 손가락에 가시가 깊이 박혀 있는 이치와 같다. 여기에는 예외가 있을 수 없다.

왜냐 하면 인간의 본성에는 예외가 없기 때문이다.

그러나 겁을 주어서는 안 된다. 겁을 주어 효과를 얻을 때도 있지만, 자칫 잘못하면 자기의 신용까지 잃게 된다. 그렇게 되지 않도록 완전한 준비가 갖추어질 때까지는 겁을 주는 일은 삼가해야 한다. 그러면 대개는 그 사이에 겁을 주지 않아도 일이 원만하게 해결된다.

비즈니스맨 입장에서 볼 때 오늘 만큼은 너에게 행운의 날이다. 내일은 그 행운이 딴 사람에게 옮겨가 버릴지도 모른다.

부하 직원들과는 늘 친밀한 관계를 유지할 일이다. 산의 정상은 높고 가파르지만, 한편으로는 멋있고 훌륭한 곳이다, 그러나 거기서 구름은 볼 수 있어도 저 아래 쪽에서 일어나는 흥미를 끄는 중요한 일들은 눈에 들어오지 않는다.

물론 자신의 존엄을 잃어서도 안 되지만, 그것은 사무실

안에서 보이는 모든 서류에 분명히 연결시켜야 하며 금고 속에까지 간직해 두어야 한다. 상사가 부하를 복종케 하려면 간단한 방법도 있다.

그러나 눈앞에서 두려워하는 부하는 뒷전에서 상사를 증오하고 있다. 그러므로 유능한 관리직 책임자라면 부하 직원과 스스럼없이 지내는 작은 지혜가 필요하다.

만약 상사와 직원 사이에 어떤 선이 그어져 있다면, 그것은 분명히 눈에 띄게 된다.

내근하는 직원들과 친밀하게 사귈 필요가 있으며 외근하는 영업 사원들과도 항상 관심을 가져주어야 효과적인 능률을 올릴 수 있다.

만약 지방에 주재하는 사원이 있다면 그들에게 자주 연락을 해주어야 한다. 그러면 영업사원들은 우리가 상품을 만들어 주문을 기다리고 있다는 관심을 잊지 않는다. 한편 그들에게 전할 일이 있든 없든 날마다 소식을 알리도록 지시해 둔다.

또한 1주일에 6번 보고서를 써야 한다면 자연히 문장이 간결해져서 일곱 번째의 편지를 쓸 때는 보다 재미있고 자랑할 만한 얘깃거리가 있어야겠다는 생각에서 더 열성을 보이게 된다는 점을 간과해서는 안 된다.

Letter___58

남의 평가는 5할을 더하고 자기 평가는 5할을 뺀다

여기서 거듭 말해 두거니와 직원들의 행동과 실태 파악에 주목할 때는 반드시 너 자신의 모습을 깊이 알고 있어야 한다.

왜냐 하면 권유하는 사람의 마음이 우월감에 젖어 교만에 빠지기 쉽기 때문이다. 교만에 빠진 사람은 자기의 참모습을 보지 못한다.

그러나 현명한 사람은 비록 교만해지더라도 남의 인격을 짓밟지 않도록 주의하면서 자기의 참모습을 찾으려 한다.

여기서 생각나는 일은 고향에서 조그마한 식품가게를 하고 있는 레뮤엘 호스티터에 대한 기억이다. 그는 고향에 살고 있는 백인들 중에서 가장 교활한 사나이였다.

호스티터는 일부러 불량 햄을 싸게 사 들여서 단골 고객에게 최고급품이라고 속여 팔았다. 그리고 가게 앞에 음료수 판매대가 있었는데, 어린아이가 한 번 마셨다 하면 금방 위의 점막을 상하게 하는 소다수를 팔기도 하고, 가게 안쪽에 술을 파는 좌판까지 만들어 놓았는데, 몸을 망치는 독한 밀주를 팔았다.

이와같이 이 사람의 근성은 가게에 진열해 놓은 불량 물건처럼 썩어서 고약한 냄새를 풍겼다. 향기 좋은 장미다발을 갖다 놓아도 썩은 냄새는 진동할 것이다.

마을 사람들은 저녁 때만 되면 이 가게에 얼굴을 내밀었다. 이곳 만큼 가까이 들릴 마땅한 장소가 없었기 때문이다. 그런데 사람들이 모여들면 으레 이웃의 흉이나 남의 말을 하기 마련인데, 그 때마다 화제에 오르지 않은 사람이 없었다.

그러나 가게 주인이 항상 곁에 있으므로 차마 그를 대놓고 흉을 볼 수도 없는 일이어서 번번이 그에 대한 평판은 뒷전으로 밀리게 되었다.

그런 가운데 그는 자기만이 깨끗하고 결점 없는 사람으로 여기게 되었다. 그래서 마을 사람들과 맞장구를 쳐가며 이 마을도 완전히 썩어버렸다고 걱정하며 이렇게 가다가는 큰일이라면서 자기 혼자 깨끗하다는 듯 큰소리를 쳤다.

그런 어느 날, 여론의 철퇴가 바로 이 가게에 가해졌다.

교회 부녀회원들이 마을 사람들의 여론에 힘 입어 가게의 부정에 대해 떠들며 몰려왔다. 요즘 말로 부정식품 추방운동이다. 밀주통이 깨지자 술은 홍수를 이루고 진열장에 있는 불량 식품은 땅바닥에 내동댕이 쳐졌다.

때아닌 소란에 놀란 마을 사람들도 이에 박수를 쳤다. 가게 안의 술과 햄, 그밖의 식품들까지 온통 범벅이 되자 놀란 주인은 온데간데없이 자취를 감추고 말았다.

그 때의 레뮤엘처럼 혼비백산하는 모습을 본 일은 두 번 다시 없었다. 그런 일이 있은 후 그를 만나지 못해서 확인하지는 못했지만, 어쩌면 그는 깨끗하고 착한 자신에게 질투를 느낀 이웃들이 저지른 잘못이라고 생각하고 있는지 모른다.

내가 이런 예를 든 것은 남을 평가할 때는 먼저 객관적으로 살펴보고 자기가 남의 눈에 어떻게 비치는가를 아는 것이 중요하다는 걸 네가 알아주기를 바라는 마음에서이다.

그리고 남을 평가할 때는 자기가 미처 몰랐던 좋은 점도 있을지 모르니 그만큼 5할은 더하고 자기를 평가할 때는 자기에게도 자신이 모르는 나쁜 점이 있을지 모르니 그만큼 5할을 빼고 평가할 일이다.

그래야만 진실에 가까운 결과의 점수가 얻어진다. 이 점을 각별히 유념하도록 하여라.

Letter___59

일에 대한 욕심은 좋지만, 경계해야 한다

바다 여행은 풍랑이 없어서 매우 쾌적한 안도감을 주었다. 이때 처음 3일간의 바다 생활이란 적당히 선실에 누워있었기 때문에 바깥 경치를 전혀 볼 수 없었다. 그러나 실제로는 그때 나만큼 배멀미로 혼이 난 사람도 없을 것이다.

겨우 움직여서 돌아다닐 수 있게 되자, 이번에는 한없는 고독감에 젖어들었다. 노인들은 흡연실에서 놀음판을 벌리고 있고, 젊은이들은 구명 보트에 앉아서 손보기[트럼프 놀이]에 열중하고 있었다.

그러나 이 배에 송아지 2백 마리가 실려있다는 사실을 알고부터는 적적한 고독감은 사라져갔다. 이 송아지들은 엄마소가 그리워 끊임없이 맴맴거리며 나를 멀리 시카고에서 함께 온 친구쯤으로 생각하는 것 같았다. 우리들은 금방 친근감을 느끼게 되었다.

송아지들은 정말로 귀엽고 보기 좋은 놈들이었다. 난 지루한 이 여행의 무료함을 달랠 수 있었다. 송아지들 때문에……. 게다가 살도 포동포동 쪄있었다. 저 정도라면 영국에 도착해도 상당히 비싼값으로 팔릴 것이 분명했다.

이번에 쇠고기 관리부 직원들에게 수출 실태를 조사해서 내가 귀국하는 즉시 보고서를 제출하라고 일러두어라. 어쩌면 이건 매우 수익이 높은 사업이 될 것 같다. 그리고 우리 회사 지점이 런던에도 있으므로 이를 이용하면 더욱 좋은 효과를 기대할 수 있지 않겠니. 우리들이 미처 모르는 사이에 경쟁자에게 선수를 빼앗긴 걸 생각하면 아쉽기만 하다.

우리 회사는 식품가공을 주상품으로 하고 있다. 그렇다고 해서 쇠고기를 수출하지 말라는 법은 없다. 나는 이번 여행에서 하루 두 번 바다를 왕래하는 상선으로부터 우유를 짜내듯이 이익을 짜내고 싶다.

산 정상에까지 오르지 않고서는 비즈니스 세계에서 성공했다고는 말할 수 없다. 정상까지는 아직도 여유가 있지만, 다른 장소는 이미 다른 사람들로 꽉 차 있다.

우리 회사가 그 동안에 쇠고기 수출에 손을 대지 못한 데는 그만한 까닭이 있었을 게다. 만약 그렇다면 그런 까닭은 내가 모처럼 찾아 낸 이익을 수포로 돌린 것이라고 말하면 변명이 될 것이다. 물론 나는 구석구석까지 검토한 건 아니다. 아무래도 이 장사를 생각해 낸 것은 놀이의 요소도 있는 것 같다.

하지만, 이 사업이 우리 회사의 이념에 맞지 않는다는 의견에는 반대다. 이익을 얻을 수 있는 일이라면 무엇이든 회사의 이념에 합치되는 목적인 것이다.

네가 관장하는 부서와는 전혀 관계가 없는 특별한 말을 했는데, 그것은 내가 전하고 있는 말에 일반적인 원칙이 있다고 생각했기 때문이다.

사업에 대해 생각할 때는 무엇보다도 먼저 일반적인 원칙을 염두에 두어야 한다, 그렇게 하면 어떻게 해서 돈을 벌 것인가는 자연히 깨닫게 된다. 맨 처음에 산정상을 차지하면 이미 반은 이긴 거나 다름없다. 다음의 반은 그곳에 자리를 잡고 있기만 하면 된다.

이런 경우와 네가 구상하고 있는 새로운 사업에 대해 말할 때 나는 지금의 네 위치보다 조금 앞을 달리고 있을 뿐이다. 사실은 네가 나를 따라잡는 기회를 기쁨으로 삼고 있단다.

하지만, 이건 아버지로서 하는 말은 결코 아니다. 회사

사장으로서 명령하는 거다. 이 점을 분명히 구별하여라. 부디 양쪽을 혼동하지 않기를 바란다.

하루하루 반복되는 생활의 사소한 장면이
보여주는 강인함, 거기에는 화려한 것도
용맹스런 것도 없지만 사람의 마음 속으로
파고드는 따뜻함과 끈질김이 깃들어 있다.
이렇듯 반복은 인간의 매력을 만들고
가꾸는 결과를 가져다 준다.

Letter___60

상사에게 발탁되고 부하로부터 추대 받는 포인트

부장 대리라고 해도 회사에서는 아직 중요한 위치에 있는 건 아니다. 그러나 그 단계에서 그 동안에 거둔 하잘 것 없는 업적을 앞세워 모처럼의 성공을 도로아미타불로 만들어 버리는 자, 즉 자기의 직권을 뒤에 감추고 부하들이 안심하고 가까이 접근해 올 수 있도록 하기는커녕 오히려, 그 직권을 남용하여 부하들이 멀리 하는 자가 있다. 이런 상사 밑에서는 부하들도 모두 불평불만에 가득 찬 얼굴이 된다.

그러므로 부장 대리라는 위치는 그를 보좌하는 입장에 있는 만큼 인기 없는 자리라고 생각하기 쉽다.

왜냐 하면 평사원들은 부장의 비열한 행위를 직접 앞에서는 비난하지 않고 먼저 부장 대리를 탓하게 마련이고, 한편 부장은 평사원들의 잘못을 대리의 책임으로 돌리려 하기 때문이다.

그렇다고 대리가 평사원들에게 변명하거나 사정을 얘기하면 권위는 상실되고, 또 부장에 대해 변명이라도 하게 되면 자신의 능력을 의심 받게 된다. 그러므로 부장이 바라는 건 귀찮은 일을 끌어오는 보좌역이 아니라, 귀찮은 일을 미리 막아주는 보좌역을 바란다.

보좌하는 입장에 있는 사람이 조심해야 할 중요한 일이 있다. 그것은 상사로부터 위임 받은 업무를 결코 잊지 말아야 한다. 재차 같은 일을 반복 지시해야만 겨우 해 내는 형편이라면 부장은 차라리 자기가 하는 편이 낫다고 생각하게 된다. 부장의 복잡한 머리 속을 일부 이어받고 업무를 분담 받으면 그의 머리 속은 한결 가벼워질 것이다.

그런데 부장은 바로 자기 밑에서 협조나 보조를 받아야 하는 대리를 못 믿어 하고 부하들은 뒤에서 부장을 탓하는 형편이라면, 어느 누가 회사의 이익을 생각하겠는가!

상사의 얼굴 표정만 살피는 자, 혹은 부하의 동정에 연연하는 자라면 너 말고도 얼마든지 있다. 뛰어난 직원이라면 모두가 단번에 알아차린다. 부장의 오른팔이 될 수 있는 유능한 대리에게는 반드시 왼팔의 협조자와 보필자가 있다. 자기의 장점을 알아주는 상사라면 부하들도 진심으로 따라

준다. 쉽게 산길을 오르려면 앞에서 끌어주고 뒤에서 밀어 주어야 한다.

말의 표현에 따라 웃고 울고 사랑하기도 한다.
언어는 번영과 증오, 그리고 죽음까지도
만들어 내며 또한 기쁨이나 우정을 만들고
생명까지 유지시킨다. 또한 언어는 성공과
개인의 운명을 좌우한다. 인간은 언어로 생각하고
표현한다. 만약 우리에게서 언어를 빼앗는다면
사고할 수 없다. 그런데도 항상 쓰고 있는
언어에 대해 무관심한 태도는 매우 안타까운
일이다. 언어는 인간성을 따뜻하고 빛나는
열정으로 동화시키는 불길과 같다. 그러므로
대화의 진정한 목표, 즉 남에게 이익과 즐거움을
주기 위해 아름다운 언어를 구사해야 한다.

Letter___61

휴식은 주식|일|을 위한 부식이다

사람을 부릴 때는 너 자신의 사사로운 감정을 개입시켜서는 안 된다. 물론 그렇다고 자존심까지 버리라는 말은 아니다. 지위가 오를수록 어떤 사람이라도 포용할 수 있는 넓은 마음을 가지라는 아버지의 충고이다.

남으로부터 인정을 받고 그 나름대로의 대접을 받게 되면 커지는 건 허리와 배 부분이다.

물론 이런 것들을 모두 완벽하게 처리하면 골프를, 그것도 일부러 골프를 칠만한 시간적, 정신적 여유가 있어야 즐길 수 있다. 골프라고 지금 내가 말했지만, 그 이유는 이곳까지 배달되어온 시카고 신문에 골프를 치고 있는 네 사진이 실려 있었기 때문이다. 그것은 2주일 전 오후의 일이라고 쓰여 있었다.

골프는 재미있으나 반면에 별 도움도 되지 않는 무해무익한 스포츠다. 하지만 이 업계에서 제대로의 인물이 되려고 마음먹은 젊은이에게 그것이 낮에 하는 여가활동이라면 골프장이 아니라 소시지가 매달려 있는 작업장을 돌아보는 일이 보다 더 현명한 태도가 아니겠느냐?

물론 정도의 여가활용은 저녁시사를 끝난 뒤에 아이들에게 빵 한 조각을 주어도 될 만큼 별 것도 아니지만, 그래도 그걸 주식으로 삼아버린다면 곤란한 일이다.

·빵과 고기 대신 도넛으로 늘 배를 채운다면 자칫 화를 잘 내는 인간이 되어버린다.

게다가 헛돈 쓰는 데만 열중하고 일은 등한시한 채 허송세월로 보낸다면 추수감사절 때 즐기는 뻥튀기나 맥주 마시는 시합에 나간 사람과 뭐가 다르겠니. 여러 사람들의 주목을 받으며 빵이나 맥주를 분별없이 마시는 것까지는 좋지만, 곧 복통을 일으켜 인사불성이 되고만다.

남에게 늘 관심을 가져라. 또한 그 사람에게 배려하는 마음가짐이 중요하다. 뭔가 해 줄 일은 없는지? 또 신경을 써 주어야 할 일은 없는지를 늘 염두에 두면서 남을 대하도록 하라. 그와 같은 주위 사람들로부터 주목을 받음과 동시에 인간성은 몇 배나 매력적이 된다.

Letter___62

교제할 때도 자기 논리와 철학을 지켜라

이 글에서는 네 머리 속에 자리잡고 있는 사교라는 병원균을 몰아내라고 주의하고 싶다. 사교에 빠질 정도라면 비료 공장에 불이 났을 때와 같은 고약한 냄새를 풍기는 터키 담배를 피우는 편이 차라리 낫다.

일을 하다보면 싫으나 좋으나 매일 필요 없는 사람을 만나야 하는데 어쩌자고 저녁 늦게까지 일부러 그런 사람들을 찾아다녀야 한단 말이냐.

유럽 사람들은 미국에는 진정한 사교계 모임은 전혀 없다고 생각하고 있는 모양이다. 하지만 뉴욕의 유력자들은 시카고에도 사교계가 있다고 믿는다.

그러나 나의 경험으로 보아서는 99센트의 가치도 없는 사나이가 1백만 달러라는 큰 돈을 아까운 줄 모르고 쓰고 있다는 점은 어디나 다를 바 없다.

더욱이 사교계에서는 어디서나 똑같은 모임의 방법, 한편 자랑할만한 인물을 조상으로 가지고 있어야 한다. 조상이 옛사람이면 그럴수록 더 가치가 있다고 생각하는 법칙이 큰 몫을 하는 모양이다.

그런데 한결같이 자기 조상을 내세우지만, 유럽에서는 돈을 많이 모은 조상을, 그것도 자손들은 그가 어떻게 해서 돈을 벌었는지 알지도 못하는 아주 옛날의 조상을 앞장 세우는데 열을 올리고 있지.

한편 미국에서는 그리 오래지 않은 최근에 돈을 모았거나 큰 감투를 쓴 조상을, 시카고에는 자랑할만한 조상이 아직도 생존해 있으며 무역이나 식품가공 공장을 경영하고 있다는 정도 일 게다.

하지만, 내가 여기서 분명히 말해 두지만, 나는 살아있을 때부터 자랑할만한 조상이 되려는 생각은 추호도 없다.

나는 사교계와는 별 사귐이 없었기에 방금 언급한 말에는 잘못된 점도 있을 것이다. 그러나 내 경험으로 보아 자기들만이 선택 받은 인간이며, 다른 사람들은 모두 어느 집 개뼈다귀 정도로 생각하는 무리들은 따지고 보면 구제 받을 수 없는 별볼일 없는 인간인 경우가 더 많다.

사실 나는 파산하여 오갈 데 없는 사람을 몇 사람 고용한 일이 있는데, 그들 모두는 돈이 떨어지면 인연도 멀어지는 흐리멍텅한 인간들이었다.

물론 여러 사람들과 교제하는 것은 자기의 견문을 넓혀 주고 즐겁기도 하지만, 오직 노는 데만 모든 정력을 쏟는, 즉 생활을 기피하는 방종된 사람들과는 분명한 선을 그어야 한다.

인간은 누구나 남의 소문에 관심을
갖고 있다. 그러나 좋은 소문이라면
별로 신경을 쓸 일이 아니다. 항상 남에
대해서는 좋은 평판으로 말하도록 하라.
구체적으로 그의 장점만을 대화의 내용으로
하면 된다. 소문은 돌고 돌아 반드시 본인의
귀에 들리게 된다. 좋은 평판의 말을 들었을 때
상대는 자기 자신이 중요한 존재라는 자부심을 느낀다.

Letter___63

일 잘 하는 사람이 빠지기 쉬운 함정

이제까지 일과 놀이, 친구와의 사귐에 대해 말하였지만 인생을 보다 보람있게 살기 위한 방법을 분명하게 말해 주려고 한다. 매우 중요한 일이므로 명심하도록 하여라.

어제 점심 때 곡물과 식육 거래처인 호시 씨를 만났다. 그런데 그때 그가 장래가 촉망되는 훌륭한 아들을 두었다고 말하더구나. 그래서 나는,

"뭘요. 그저 소나기가 쏟아질 때 부르면 집안으로 뛰어들 정도의 머리는 갖고 있지요."

라고 대답해 주었다.

좀더 그럴 듯한 대답도 할 수 있었지만, 너무 거기에 맞장구를 치다보면 나중에 점심을 사야 할 꼴이 되겠기에 그

랬다.

호시 씨는 그렇지 않다면서 너는 장차 큰 인물이 될 거라고 칭찬을 계속하더구나.

그는 그 전부터 우리 회사 상품의 특약점을 내려고 여러 차례에 걸쳐 교섭해 온 터였다. 그런데 너에 대해 칭찬을 늘어놓다보니 경박함을 증명하는 결과가 되어버렸다. 그가 이런 말을 하는데 놀라지 않을 수 없었다.

지난 주에 너에게서 주문이 와서 주식 10만 주를 팔았는데, 얼마 후에 내 전화를 받고 그 주식을 다시 매입하여 계산해 보니 5백 달러를 벌게 되었다고 말하더구나.

네가 그와 같은 투기에 손을 대고 있다는 사실을 알고 나는 창자가 뒤집히는 것 같았다. 그러나 그 자리에서 그와 너를 탓하면 무슨 소용이 있겠니? 치밀어 오르는 분노를 참고 내 아들은 퍽 헤픈 젊은이로구나 하는 실망감이 앞섰다.

호시 씨에게는 바로 이 시간 이후, 일단 주식을 청산하고 벌었다는 그 돈을 곧 나에게 보내라고 일러두었다. 그렇게 되면 네가 본격적으로 상품 거래를 시작하기 전에 주의해 둘 몇 가지 주의 사항을 써서 같이 보내주겠다고 말했다.

이 편지에 동봉한 것이 그 수표다. 이건 노인정이나 양로원에라도 보내주어라. 그러면 모두들 고마워할 게다.

Letter___64

젖은 손으로 좁쌀 만지기|힘 안 들이고 많은 이익을 얻는다는 말|라면 뭐가 잡히겠는가?

그러면 상품 거래상의 주의 사항을 말하겠다. 우선 네가 거래에 손을 대려면 그대로는 안 되는 몇 가지 주의점이 있는데, 가장 큰 이유는 만약 투기에 손을 대면 우리 그레험사와 반드시 손을 끊어야 한다는 점이다.

얄팍한 이윤에 눈을 돌리는 것은 깊은 강기슭에서 물놀이하는 것만큼 위험이 뒤따르므로 자신도 모르는 사이에 발을 헛딛어 깊은 곳에 빠지게 된다.

이와같이 거래처의 밀가루 재고량은 기껏해야 가로 세로 90미터 밖에 되지 않지만, 그것이 지옥과 직결되어 있다는 사실을 깨달아야 할 것이다.

또 얄팍한 이윤에 얽매이는 것은 위험을 짊어지고 거래하는 불륜과 같다.

상품 흥정이란 아무 것도 갖고 있지 않은 사람으로부터 사 들여서 아무 것도 갖고 있지 않은 데로 파는 것이니까, 이것이 바로 브로커 관계가 아니고 뭐냐.

내 경험으로 보아서 브로커를 통한 이런 거래란 바닥이 날 때까지는 그만둘 수 없고 손해를 보면 이번에는 그 밑천을 되찾으려고 손을 떼지 못하는 악순환의 연속이다.

결국은 있는 돈을 모조리 탕진하게 되어야 비로소 끝을 맺는다. 그러니까 실물이 없는 책상 위에서의 종이 쪽지 거래란 꼭 놀음판과 같은 짓이 아니겠느냐.

이 업계에서 그만큼 밥을 먹고 있어봤다면, 너도 벌써 단 30초면 쇠가죽이 벗겨진다는 것쯤은 알게 아니냐. 이와같이 주식의 동향도 30초면 전혀 다른 양상으로 변해 버린다. 이 점을 잘 명심해 두지 않으면 이번에는 단 30초 동안에 네가 온통 가죽이 벗겨져 긴 추위를 막아주는 덮개로서 주식 시장에 팔려 나오게 될 것이다.

너는 내 아들이므로 상품의 시세에 대해서는 보통의 다른 아들들 보다는 조금 더 알고 있을지 모른다. 그러나 그것이 무슨 소용이 있겠느냐. 이 세상에서 가장 가난한 사나이라도 백만 장자와 혈연 관계에 있는 경우는 수두룩하다.

내가 선매할 때는 1초에 1마리씩 도살되는 돼지의 양에 알맞는 정도 밖에 팔지 못하므로 물품을 인도할 날이 되면 그 양만큼 시장에 내놓으면 된다.

그러니까 분수에 맞는, 능력에 맞는 양만큼 파는 것이다. 그런데 너는 어떤가?

너에게 내놓을 수 있는 것이 있다면 도살장에서 울부짖는 돼지 울음소리 밖에 없지 않은가!

늘 감사하는 마음을 나타냄으로써 다른 사람의 인생을 아름다운 꽃과 같은 환희로 가득차게 할 수 있다. 삶의 정원은 매력적인 향기가 넘쳐나서 아무리 없애려고 해도 사라지지 않는다. 그렇다면 5가지의 꽃다발을 기억해 둘 일이다. 이 꽃다발을 받은 사람은 마음에 새로운 감정의 향기를 맡을 것이다.
1. 칭찬의 꽃다발. 2. 연민의 꽃다발 3. 기억의 꽃다발
4. 좋은 소문의 꽃다발 5. 관심의 꽃다발

Letter___65

자기가 갖고 있는 돈을 혹사시키지 말라

시장에서 잃는 것이 돈만이라면 내가 이토록 너에게 잔소리를 하지 않을 거다. 하지만, 말단사원이 쉽게 큰 돈을 벌게 되면, 그 사람의 금전 감각은 마비되어 쓸데없는 헛돈을 뿌리게 된다.

한편 그 돈으로 주식을 샀다가 손해를 보면 잃은 돈을 되찾으려고 아등바등하며 자존심까지 버린다.

대다수의 사람들은 자기의 재산을 돈으로 환산하면 얼마가 되므로, 어느 정도까지는 쓸 수 있다고 생각하기에 이른다. 그러나 경영자는 10만 달러의 빚이 있어도 아직은 지불 능력이 있다. 그러니까 거꾸로 말하자면 온 재산을 몽땅 털어놔도 모자랄 정도의 돈을 잃는 경우가 있다는 말이다.

채무자의 목뼈가 빳빳하고 눈빛만 맑아 있으면 채권자가

혹시 빌려준 돈을 못 받을까 봐서 안달하지는 않는다. 곤란한 처지에 몰린 것을 머리와 혀로는 감출 수 있어도 목뼈와 눈은 속일 수가 없다. 혓바닥은 거짓말을 하지만 눈은 진실을 말하는 창이다.

어쩌면 너는 아주 사소한 것에 투기한 것 뿐인데…… 그렇게 법석을 떨 것까지 없지 않은가 하고 생각할지도 모른다. 그러나 나는 엘리트 코스를 밟은 너보다 훨씬 더 날고 뛰는 젊은이들이 주식에 손을 댔다가 눈깜짝할 사이에 빈털털이가 되어 회사 공금에까지 손을 대고 거기서 헤어날 수 없는 나락으로 떨어져가는 경우를 보아왔다.

그러므로 자기가 가지고 있는 돈을 혹사해서는 안 된다는 것을 깊이 명심해야 한다. 3센트를 벌 수 있는 물건이라면 쉽게 운반할 수 있다. 또 60센트 정도라도 옮길 수 있을 것이다. 그러나 1백 달러를 벌 수 있는 짐이라면 상당한 힘이 듦으로 도중에서 기진맥진할지 모르니 잘 검토해서 옮겨야 한다.

그런데 백 달러를 번다고 할 경우라면, 그때는 이미 손수레나 승용차만으로는 안 된다. 막대한 부담을 걸고 하는 경마와도 같아서 뼈가 흔적이 안 남을 각오를 해야 할 필요가 있다.

왜 내가 여기서 투기에 대해 이렇듯 장황하게 쓰느냐 하면 너는 앞으로 싫으나 좋으나 상품 브로커들과 관계를 가져야 한다. 그러려면 이웃집 개를 만지기 전에 그 성질을 잘 알아두어야 물리지 않는다고 하는 생각은 올바른 판단이다.

그러므로 보증인이 있다느니, 믿을 만한 정보라니, 절대 확실하다는 화사한 말들과 너는 하루도 빠짐없이 얼굴을 맞대게 될 것이다. 그것들은 꼬리를 치며 순한 양도 잡아먹지 않을 듯한 얼굴을 하고 있다. 그러나 방심하는 순간 이빨을 드러내며 덮쳐온다.

투기로 부상을 입지 않으려면 지금의 너로서는 증권거래소에 들어갔다가도 서둘러 발길을 돌려 그것들이 안 보이는 곳으로 도망쳐 나와야 한다.

끝으로 여기서 잠깐 일러둘 말은 많은 사람들에게 주어진 의무란 남이 하지 않으면 안될 불유쾌한 일을 가리킨다. 사실 인간의 의무란 자기 자신의 일에 전념하는 노력을 말한다. 진정으로 자기를 향상시키려면 밤낮없이 할 일에 대해 생각하고 행동하지 않으면 안 된다.

만약 하루에 5,6시간씩이나 이웃사람들의 쓸데없는 잡일에 신경을 쓰고 있으면, 결국 자기 자신의 인간 형성에 소홀해져 낭비된 결과를 가져올 뿐이다.

Letter___66

세상에서 꼭 무시해야 할 두 가지가 있다

이 달 21일에 보내온 너의 편지는 잘 받아보았다. 함께 동봉한 신문 스크랩도 관심있게 보았다. 캠스톡의 광산 소동 이래 경기가 계속 하락하여 11월의 상장에서 큰 손해를 보게 될 것이라는 이 따위 기사는 무시해도 좋다.

만약의 경우에 대비하지 않고 무턱대고 팔 줄 아느냐? 그리고 모두가 벌떼처럼 달려들어 아귀다툼을 하기 시작한다면, 내가 멍하니 천장만 쳐다보고 있겠니?

비즈니스에서는 주위 상황에 맞추는 것이 무엇보다 중요하다. 뛰기에는 좀 무리일지 모르나 아직도 나에게는 버티고 서서 싸울만한 용기는 남아있다고 자부한다.

이제까지 나는 여러 방면에서 경쟁의 총뿌리를 받아왔다. 솔직히 말해 장례식 준비까지도 했으니까 말이다.

사실 나는 지난 30년 동안 회사를 경영하면서 죽으면 들어갈 관을 생각하지 않은 때가 없었을 정도로 많은 어려움을 겪어온 것 또한 사실이다. 그러나 장례식은 시체가 있어야 시작되는 것이 아니겠니! 나는 아직도 건강한 몸으로 맛있는 음식을 먹고 있다. 그러니 걱정할 필요는 없다.

이 세상에는 꼭 무시해야 할 두 가지가 있다. 야유와 맹목적인 추종이다. 어느 것이나 모두 알맹이가 차 있는 것은 아니므로 정색하고 받아들이다가는 바보로 취급당하기 쉽다. 여론이나 소문은 이쪽에서 다가가면 꼬리를 치며 달려들어 손을 빨지만, 등을 보이면 갑자기 뒤에서 발뿌리를 물어댄다. 말하자면 들개 같은 비굴한 인간 무리들의 넋두리에 지나지 않다는 말이다.

지난 해 내가 시장에서 매기를 부채질하고 있을 때는 지금과는 달리 사는 쪽 사람들은 이구동성으로 '그레험은 인정 많은 자선가다! 농가에서 가장 비싼값으로 돼지를 팔 수 있도록 밤잠을 설쳐가며 생각해 준다' 고 말하고 있는 반면에 파는 쪽 사람들은

'그레험은 엉뚱한 도적놈이다!

노동자들의 식사 냄비에서 돼지고기를 빼앗아가고 있다' 고들 혹평까지 했다. 이런 경우 파는 쪽이나 사는 쪽 모두에게서 칭찬 받을 수 없다.

한 번 자기가 이 길을 가려고 마음먹었으면 반대쪽 사람들의 말에는 일체 신경쓰지 말고 나아갈 수밖에 없다.

설득력 있는 인간이 되기 위한 제10의 계율

1.무리없이 설득할 수 있다고 생각할 것

2.설득을 위해서는 질문의 힘을 빌릴 것

3.남에게 자기는 중요한 존재라고 생각케 할 것

4.상대의 입장에서 말할 것

5.남을 행동에 개입시킬 것

6.큰 것을 얻기 위해 작은 것을 양보할 것

7. 상대와 언쟁하지 말 것

8.남이 자기의 입장을 공정하게 판단할 수 있도록 유도할 것

9.명확하고 소신있게 지혜를 발휘하여 부탁하는 걸 잊지 않을 것

10.상대가 계속 호의를 갖도록 할 것

Letter____67

남의 공치사에 한 몫하는 인간은 믿지 말라

사람은 자기의 입장에서 밖에 실물을 보지 못한다. 그 좋은 예가 있다.

예컨대, 내가 큰 거리에 빈 땅을 가지고 있을 무렵이다. 어느 날, 한 부인이 나를 찾아와서 그 땅을 빌려주지 않겠느냐고 말했다. 크래쉬|탁아소|를 짓기 위해서라는 것이었다.

나는 잠시 망설였다. 그때까지 '크래쉬'라는 외국말은 들어본 적이 없었으므로 보기에 매우 착하고 믿음이 가며 착실하게 보이는 부인이었지만, 어쩐지 마음이 내키지 않았던 것이다.

크래쉬란 어머니가 일하러 나간 동안 아이들을 맡아서 모가 목욕도 시키고 간식도 먹이고 기저귀를 갈아주기도 하는 유아원이라는 걸 그녀는 당황해 하며 설명해 주었다.

그런 일이라면 나도 별다른 이의는 없었다. 그래서 나는 그렇게 하라고 순순히 허락해 주었다. 그러자 그 부인도 만족했는지 기뻐하며 돌아갔다.

그로부터 1주일 뒤에 그 부인이 다시 나를 찾아왔다. 땅만으로는 안 되고 탁아소까지 함께 지워주기를 바랐던 양이다. 탁아소는 하나의 사회사업이므로 목수를 시켜 목조 건물 한 채를 지어주겠노라고 약속했다. 그러자 부인도 만족했는지 기뻐하며 돌아갔다.

그런데 2주일쯤 뒤에 또 찾아와서 하는 말이 사업하시는데 폐를 끼치려는 것은 아니지만, 젖소 두세 마리를 기부해 주면 어떻겠느냐는 것이었다. 그때 내가 거절하면 그녀의 표정이 당신 같으면 절대로 이런 형편을 이해해 줄줄 알았는데……라고 말할 것 같이 보였다.

그러나 나는 오히려 내 자신이 부끄럽게 느껴져서 대뜸 아이들을 먹일 젖소 5마리를 보내주겠다고 약속했다.

여기까지 해주었으면 이젠 되었겠지 싶었는데, 그렇게 간단히 끝나지 않았다. 건물이 세워지자 이번에는 왜 페인트칠은 해주지 않느냐고 그녀로부터 전화가 걸려온 것이다.

그러나 그날은 몹시 바빠서 이러쿵저러쿵 따질 시간이

없었으므로 약속대로 해주겠다며 전화를 끊었다. 다음 날 그곳을 지나다보니 벌써 페인트공이 와서 칠을 하고 있었다.

그 당시는 솔직히 말해서 좀 감정이 좋지 않았다. 그런 기분으로 건물을 바라보고 있으려니 건물과 거리 사이의 2미터쯤 떨어진 비어 있는 장소에 아무것도 쓰여 있지 않은 간판이 서 있지 않겠는가!

나는 곧 페인트공을 불렀다. 그래서 둘이 상의하여 다음과 같은 멋있는 광고를 써 넣기로 했다.

'그레험사의 쇠고기 엑키스, 환자도 금방 원기 회복!'

다음날 이 광고를 본 부인은 화가 났는 지 그레험은 탁아소에 5백 달러 짜리 건물을 기부한 줄 알았는데, 실은 그 건물에 광고 간판을 세워 1천 달러나 벌었다, 거기서 번 돈은 마땅히 탁아소 기금으로 내놔야 한다고 나팔을 불고 온 거리를 돌아다녔던 것이다.

결국은 그런 말이 듣기 싫어서 나는 그녀에게 돈을 보내지 않으면 안 되게 되었다. 돈을 보내고 나서 나는 주택을 짓고자 하는 건축업자를 찾아 그 땅을 싸게 팔아버렸다. 그리고 탁아소 사업과는 일체 손을 끊었다.

Letter___68

바쁜 사람은 걱정은 하지 않는다

그리고 또 한가지 하루하루를 쾌적하게 살아가기 위해서 말해 두고 싶은 충고가 있다.

나는 이 사업에 종사하게 된 이래 상당한 세월이 흘렀고 오직 일만 하고 이익만 추구해 온 것은 아니다. 여러 가지 감정을 맛보기도 했고 인생에 대한 공부도 치르었다.

그러나 그 중에는 아무 도움도 되지 않고 기쁨도 가져 오지 못한 일도 있었다. 걱정이라는 감정이다. 비즈니스를 하는데 있어서 경쟁 상대에게 양보할 수 있는 것은 한 가지도 없지만, 이것만은 서슴없이 상대에게 넘겨 주고 싶은 것이다.

걱정이라는 건 경마 경주의 예상보다 더 맞추기 어려운 감정이다. 아무리 걱정을 해도 되는 일이 없다. 집으로 돌아가면서 혹시 새로 고용한 영리하지 못한 사무원이 금고 자물쇠를 틀림없이 잠궜을까, 밤중에 공장이 불에 타버리지나 않을까 하는 걱정이 끊임없이 꼬리를 문다.

또 사업에 실패하여 파산하지 않을까, 그렇잖으면 큰 병에 걸리지나 않을까 걱정한다. 근심 걱정은 아무리 궁리해도 이길 수 없는 게임으로 삶의 파도와 같은 감정의 밑바닥이다. 그러나 일에 바쁜 사람은 이것저것을 걱정하지 않는다. 그럴 시간이 없기 때문이다.

이상하게도 그런 사람을 대신하여 걱정해 주는 특별한 이들이 있다. 괜히 남의 일에 열을 올리는 늙은 부인들이다. 그녀들은 낮에는 자기 일로 이것저것 고민하고 밤에는 남의 문제를 잠도 안 자며 걱정해 준다.

걱정은 일이 모두 끝난 뒤에 해도 된다. 중요한 것은 지금 할 수 있는 일에 온 힘을 기울이는 노력이다.

대화의 능력을 높이는 것 만큼 인생에 행복을 가져오는 기술도 없다. 시인 롱펠러의 말을 음미해 보기 바란다.
"현명한 인물과 나누는 단 한번의 대화는 10년 동안 읽은 책의 내용보다 뛰어나다."

Letter___69

황새가 되지 못한 뱁새의 이유를 생각해 본다

일을 순조롭게 처리해 간다고 하니 기쁘다. 돌아가면 곧 너의 상사로부터 의견을 들어보겠다. 그가 보증만 한다면 그 이상 더 반가운 일은 없을 것이다.

그러나 지금부터는 자기 자신이 얼마나 잘 하고 있는가에 대해서는 일부러 써보낼 필요가 없다. 이런 일이라면 누구나 자진해서 감추지 않고 말하기 마련이므로 그렇게 하지 않아도 남이 먼저 알게 된다. 우수하다는 것은 아무리 감추려 해도 어딘가에서 반드시 새어나오게 마련이니까.

너 역시 아무 말을 하지 않아도 언젠가는 사람들의 눈에 띄게 된다. 물론 어디에 훌륭한 인물이 있는가 늘 눈을 크게 뜨고 찾아나서는 것은 중요한 일이다.

그러나 그때는 늙은 가정부처럼 침대밑이나 장롱 속까지

찾아야 한다. 결코 거울을 들여다보며 찾으려 든다는 것은 헛된 일이다.

무엇보다도 큰일을 하고 있는 인물은 일에 바빠서 자기에 대해 이러쿵저러쿵 얘기할 틈이 없다. 입도 그렇다. 껌을 씹고 있으면 말을 제대로 못하게 되지 않니? 그와 같은 이치란다.

이 세상은 모두 선전 광고로 이루어져 있다는 것을 염두에 두기 바란다. 1달러 벌 때마다 열 마디를 써서 자기 선전에 열을 올리는 자가 있다. 물론 선전이 도움이 되는 경우도 있지만, 그것은 1달러라 해도 실은 10센트의 가치밖에 없는 인간일 뿐이다. 액면 99센트에 대하여 1달러의 가치를 지닌 인간이라면 그런 일을 할 필요가 전혀 없다.

5달러라고 쓰여 있으니까. 5달러까지는 통용되었는데 출납계 손에 들어와 보니 위조 지폐였다는 예는 흔히 있는 일이다. 인간 역시 마찬가지다. 자기 스스로를 훌륭하다고 선전하고 있으니까 훌륭한 인물로 통용되고 있는 사람은 수없이 많다.

즉 이런 사람은 뱁새 밖에는 안 되는 존재인데 황새라고 허풍을 떨고 있는 인간이다. 뱁새 역시 아무 탈없이 하늘을 날고 있을 뿐이라면 황새로 잠시 통용되겠지.

그러나 어느 때인가는 문제가 생겨 멀리 날아야 할 때가

온다. 그렇게 되면 누구의 눈에도 금방 황새가 아니라 뱁새였다는 사실을 확실히 알아차리게 된다.

말을 할 때 쓰는 제스처는 조합해 보면
수만 가지에 이른다. 그러나 실제로는
그 같은 제스처를 쓰지 않는 사람이 더 많다.
제스처는 감정을 전하고 말에 생생한 열의를 준다.
듣고 있는 사람이 지루해 할 때, 그것을
없애는 방법이 제스처이다.

Letter___70

정상의 기쁨을 모르고 산기슭을 서성대는 사람은 가련하다

기구는 따뜻한 공기를 아래 쪽에서 위로 보내주면 더 높이 하늘로 올라가지만, 언제까지 공중에 떠있을 수만은 없다.

구름 사이에서 아무리 바둥거려도 밭과 들판에 있는 농부의 입을 벌리게 할뿐, 결국은 땅 위로 곤두박질치게 마련이다.

구름은 대개 지상으로부터 2~3천 미터 높이에 떠 있다. 이렇게 높은 곳으로부터 떨어지게 되니 그 결말은 뻔한 노릇이 아니냐.

경치를 만끽하려면 산에 오르는 것이 제일 좋은 방법이다. 기구처럼 멀리 오를 수는 없지만 떨어질 염려는 없다. 물론 벼랑에서 발을 헛디뎌 구르는 사람은 있지만, 그것은

지름길로 가려고 미끄러지기 쉬운 곳을 일부러 찾아 나섰기 때문이며, 그런 어리석은 일을 하지 않는다면 어떠한 위험도 없다.

현관에 이어져 있는 계단에서 잘못 굴러 목뼈를 부러뜨리는 어이없는 일을 당하는 사람도 있기는 하다. 아무튼 지름길을 피하면 정상에 안전하게 오를 수 있다. 이것이 삶의 이치다.

인생이란 1백 미터 경주가 아닌 오르락내리락하는 산길을 오르는 경우와 같다. 그러므로 쉬지도 않고 단숨에 정상에 오를 수는 없다.

그런데 세상에는 하루의 일이 끝나면 오늘은 잘 했다 하여 한 잔의 술을 찾아 거리로 뛰쳐나가는 자가 있다. 그들의 하는 짓이란 와—! 소리를 지르며 산을 향해 돌진하여 숨이 차면 쉬었다가 이번에는 전혀 다른 산을 향해 돌진하는 경우와 같다. 이래서는 정상에 오를 수 없다.

이러한 무분별한 행동은 그들의 눈에 산 전체가 보이지 않기 때문이다. 산의 모습이 보이지 않으므로 뭘 하겠다고 말해 놓고는 그것이 조금이라도 된듯 싶으면 금방 의욕을 상실하여 꽁무니를 빼어버린다.

Letter___71

얄팍한 겉치레의 수탉 같은 인간은 되지 말라

암탉의 어리석음에 대해서는 여러 가지 에피소드가 있다. 그러나 진짜 어리석은 것은 수탉 쪽이다.

수탉은 항상 으시대고 뽐내면서 주위를 돌아다니며 꼬고댁 하고 큰 소리를 지르며, 자기가 하지도 않은 일을 제가 한 것처럼 자랑한다.

해가 뜨면 별 볼일없이 소음만 일으키고 있는 주제에 자기가 밝은 햇빛을 불러들인 것처럼 목청을 높이고 농가집 아주머니가 닭장에 모이를 주면 자기가 농장 안에 모이를 가져온 듯이 울어대고, 다른 수탉과 만나면 또 울어댄다.

즉 하루 종일 아무 것도 아닌 부질 없는 일에 울기만 한다. 낮만도 아니다. 할 일 없는 밤중에도 깨어 우는 경우도 있다. 그런데 암탉이 우는 건 알을 낳았을 때만이다. 게다가 수탉처럼 시끄럽게 굴지도 않는다.

여기서 이런 말을 장황하게 늘어놓은 이유 중에 한 가지는 확실하고 조심성 있고 끈질기고 소박한 일이라도 화려하고 거창한 것처럼 결코 남이 흉내를 내거나 대신할 수 없다는 걸 깊이 명심해 달라는 당부이며, 또 하나는 네가 코트랜드 워링턴을 채용하고 싶다고 요청해 왔기 때문이다.

코트랜드는 한때 훌륭한 지위에 있었던 사람이다. 이제 와서 보잘 것 없는 일을 맡아 자신을 스스로 욕되게 할 수 없다고 너에게 말했다더구나.

여기서 분명히 말해 두겠다. 나는 그 코트랜드를 잘 알고 있지만, 그를 우리 회사에 채용한다는 일은 절대로 반대한다. 그런 인간은 아무리 좋은 지위에 앉혀도 뒤떨어질 뿐이다. 왜냐 하면 그는 원래 높은 자리에 앉을 자격이 없고 저속한 자리에 알맞기 때문이다.

그는 대학을 졸업하자 곧 그의 아버지가 경영하는 회사에 들어가서 상당한 자리에 앉게 되었는데, 3년 전에 그의 아버지가 사업에 실패하게 되자 남의 밑에서 일하는 신세가 되었다.

그런데도 코트랜드는 줄곧 아버지에게 의지하며 무슨 왕자라도 된 듯이 언젠가는 훌륭한 일이 찾아들어 자기를 구해 줄 것이라고 막연히 믿고 있었다.

우리는 남을 위해 사업을 하고 있는 게 아니다. 내가 알고 있는 저속한 일자리란 그럭저럭 시간만 때우며 지내는 건달 생활뿐이다.

게다가 스스로 일자리를 찾지 않고 남에게 의지하고 있는 인간이라면, 이미 그것만으로도 인생의 벼랑에 빠져들고 있는 셈이다. 그 이상 뭘 더 돌봐준다는 말이냐.

자기의 헛된 위신을 내세우기 위해서 마음을 타락시키고 얄팍한 자존심 때문에 비열한 행위에 굴복하는 자를 나는 전혀 이해할 수가 없다. 그러므로 사람은 겉치레만 보아서는 판단이 어렵다.

자기 인생에 자극을 주고 방향을 점검하는
일은 중요한 인간이 되고자 하는 욕구이다.
아래 규칙은 그런 마음을 불러일으키기 위해
사용할 수 있는 방법이다.
1. 감사함으로써 상대에게 자기는 중요한
인간이라고 느끼게 한다.
2. 예의바른 자세로 상대에게 자기는
중대한 인간이라고 느끼게 한다.
3. 이름을 정확히 불러줌으로써 상대에게
자기는 중요한 존재라는 사실을 느끼게 한다.

Letter___72

참다운 공격과 인내를 가르쳐 주는 것이 자존심이다

그러한 그들을 보고 있노라면 꼭 한 사람 생각나는 인물이 있다. 어린 시절을 보낸 미주리 고향 마을에 땅딸보 패티 윌킨스라는 아이가 이사를 왔다.

그런데 그의 어머니는 아들 패티가 다른 아이들보다 더 잘 생겼다고 믿고 있었으며, 그 자신도 뛰어나다는 모습은 불쑥 튀어나온 배였는지 모르지만, 어느 쪽이든 마찬가지였다.

어떻게 보면 패티는 만화에 등장하는 주인공을 꼭 닮았고 무엇보다 대단한 먹새였다. 남들보다 갑절은 더 먹어서 뱃가죽이 소시지 껍질처럼 탱탱할 때까지 꾸역꾸역 집어넣고는 나중에 배가 아파 울고불고 법석을 떨었다.

그의 용돈은 늘 배 속이 별로 부르지 않는 사탕을 사 먹는게 아니라, 위장을 가득 채워주는 빵을 사서 그 자리 가계 안에서 순식간에 먹어치워 버렸다. 혹시 밖에 나와 먹다가는 누군가에 빼앗길까봐서였지.

그래서 아이들은 모두 그를 싫어했으며 곁에 있으면 서슴없이 흉을 보곤 했다. 그런데 그의 말로는 자기 자신은 매우 용감하며 힘이 세고 자존심도 강하다고 큰소리를 쳤지만, 정작 손등을 할퀴거나 뺨에 멍이 드는 싸움에서는 교묘히 피하는 비열함을 보였다.

그러니까 그가 한 말은 모두가 허풍이었지. 오직 그가 두려워하지 않는 유일한 것이 있다면 먹는 것 뿐이었다. 하지만 늘 복통을 일으키는 원인은 먹는 것 때문이었으므로 진짜 그의 약점을 아는 사람은 매우 드물었다.

비겁자가 그렇듯이 패티도 자기 몸에 상처를 입는 일은 한사코 피했는데, 그러한 자리에 함께 있으면서 이에 가담하지 않으면 남에게 겁쟁이라고 비웃음을 받지 않을까, 혹은 남들로부터 무서워한다는 말을 들을까 그것만을 두려워하고 자존심 따위는 조금도 생각지 않았다.

그런 어느 날, 쉬는 시간에 개구쟁이 짐 헉스로부터 네가 정말 용감하다면 거기 흙덩이를 한 줌 먹어보라는 말을 듣게 되었다. 패티는 다소 망설였다. 아무리 무엇이나 되는대로 먹는다 해도 흙덩어리까지는 생각한 일이 없었기 때문이다. 그러자 다른 아이들이 그건 못 먹겠지 하고 약을 올리자, 그만 흙덩이를 입 안에 넣고 꿀꺽해 버렸다.

그리고 나서 이번에는 구경하고 있는 아이들을 향해 너희들도 한 번 먹어보라고 소리쳤다. 그러나 누구 하나 그걸 먹으려 들지 않았다. 패티는 콧대가 높아져서 우쭐댔다. 그런 다음 아이들과 통행인들을 우체국 주위에 모아놓고 1센트씩 내면 주먹만한 흙덩이를 먹어보이겠다고 장담까지 했다. 장사 치고는 엉뚱한 거래였다.

여기서 맛을 들인 패티는 다음 번에는 흙덩어리가 아닌 메뚜기를 먹는 재주를 부렸다. 그리고 다시 인기를 끌자 5센트씩 받고 빈대까지 먹게 되었던 것이다.

나중에 패티에 대한 소식을 들은 것은 어느 마술단에서 두 가지 재주를 부리며 생계를 꾸려간다는 것이었다. 한 가지는 뚱보로서, 그리고 또 하나는 메뚜기를 먹는, 새의 밥통을 가진 오직 하나뿐인 인간이라는 선전이었다.

이제 너도 알았을 것이다. 어느 석상에나 이 패티처럼 사람들의 주목을 끌기 위해서 흙덩어리를 마구 우물거려야만 하는 인간이 있기 마련이다. 이런 인간을 화가 나게 한다는 건 매우 어렵다. 깊이 생각해 보아라.

왜냐 하면 그들은 자신이 자랑할 수 있는 것을 모조리 털어놓은 다음까지도 태연해질 수 있으니까. 대다수의 사람들은 자존심이 강해서 그것을 조금만 건드려도 화를 낸다고 하지만, 그런 사람은 자기 수양과 인내가 부족하여 감정적인 상처를 가지고 있어서 오히려 무감각하다.

나의 경험으로 보아서 자존심이란 강자에게는 흥분제가 되고 약자에게는 억제제가 된다는 사실이다. 즉 자존심은 강자를 앞으로 전진시키지만, 약자는 뒤로 움츠러든다.

사람은 자존심이 있기에 무슨 일이 있더라도 흔들리지 않고 웃음거리가 되어도 태연한 얼굴로 그것을 무시하고 비웃음을 받아도 웃어넘길 수 있으며, 나쁜 길로 휩쓸리는 일없이 업무에 열중할 수가 있다.

한편 자존심을 갖고 있기 때문에 남의 평가에 신경을 쓰며 자기가 옳다고 믿는 것이 아니라, 남이 보아서 옳다고 생각되는 일만 하는 경우도 있다. 웃음거리가 되는 것을 두려워하고 비웃음을 당하면 대뜸 반발한다.

또 사람은 자존심이 있기에 내일의 급료를 생각하여 오늘의 일에 정성을 들이지만, 동시에 자존심이 작용하므로 손에 기름을 묻히지 않고 쉽게 돈이 들어오는 길이 없는가 하고 공상하기도 한다.

삶에 지름길 따위는 없다.
그것은 양도할 수도 빌릴 수도
없다. 삶의 진정한 의미는 실존적인 체험에 있다.

Letter___73

아무리 감사해도 못다할 어머니라는 약

어렸을 때 이런 일이 있었다. 어느 날 나는 수박밭에서 수박서리를 하다가 그만 밭주인 아저씨에게 들켜서 붙잡히고 말았다. 그런데 잘못을 빌고 따귀 한 대 얻어맞고 풀려났으면 될텐데 붙잡힌 것을 너무 두려워한 나머지 변명만 늘어놓다가 집에 있는 어머니 앞으로 끌려갔다. 그리고 자초지종을 털어놓게 되었던 것이다.

그런데 너의 할머니께서는 구식이 창창한 분이었으므로 아이가 나쁜 짓을 했을 때는 스스로 정말 잘못을 후회하여 눈물을 흘리도록 따듯하게 타일러야 한다는 요즘의 지루한 교육론 것과는 전혀 관계가 없었다.

눈물을 흘리는 경우는 같지만, 그 다음부터가 지금과는 다르다. 가차없이 채찍이 날아드는 것이다. 몽둥이도 좋고 부지갱이도 상관 없었다. 손에 잡히는 것이라면 무엇이나 집어들고 용서없이 후려때렸다.

게다가 할머니는 실리를 중히 여기는 여성이었으므로 매질만으로는 그치지 않았다. 종아리에 피가 멍들도록 두들겨 패고는 이번에는 십계명과 주일학교에서 배운 것을 완전히 암송할 수 있을 때까지 방에서 한 걸음도 나가서는 안 된다고 명령하셨다.

한 장을 모두 외어야 하는 분량이었다. 더욱이 구약성서는 분량도 많지만 문장도 까다롭다. 그러나 난 필사적으로 그걸 외었다. 할머니가 어떤 분인지를 익히 알고 있었고 2시간 후면 저녁 식사를 해야 했으니까 말이다. 지금도 이 성경 부분만큼은 앞에서부터 반대로 뒤로부터 한 자도 빼놓지 않고 줄줄 외울 수 있을 정도다.

후버 목사님은 주일학교 교실 안을 돌아다니며 학생 하나 하나에 질문을 퍼붓기 일쑤였다. 그래서 우리들은 항상 전전긍긍하고 있었단다.

그러나 그렇게 꾸지람과 벌을 받은 이후의 주일날만은 사정이 달랐다. 나는 목사님이 교회 안에 들어오는 모습을 보면 기쁘기 한량 없었던 것이다. 또 목사님이 교실 안을 돌 때도 결코 한눈을 팔지 않았다. 그 뿐만 아니라 10분만이라도 성경 구절을 암송하여 목사님의 귀여움을 받으려

했다.

마침내 목사님에게 지명되어 거뜬히 암송하고 칭찬이라도 받게 되면 나는 신이 나서 일절 뿐만 아니라 1장 전부를, 거기에 십계명의 덕목까지 줄줄 외어댔다. 이에 목사님도 깜짝 놀랐다.

대충 구약성서에 대한 수업을 받은 일이 있지만, "하나님이 가라사대 천하의 물이 한 곳으로 모이고……"부터 시작하면 그 뒤는 아직도 멀었다.

목사님은 충격에서 정신을 가다듬고는 다시 한 번 처음부터 외어보라고 했다. 그래서 내가 다시 1장을 모두 외우자 내 머리를 쓰다듬으며 "아아! 너는 부모님의 자랑이며, 친구들의 모범이다!"라고 칭찬해 주셨다.

나는 좀 창피하기도 해서 그런 동안에 얼굴도 제대로 들지 못했지만, 다른 아이들의 놀라는 모습이 보고 싶어졌다. 그래서 슬쩍 얼굴을 들었는데 맨 먼저 내 눈에 띈 것은 교실 뒤쪽에 서 있는 너의 할머니가 아니겠니! 마침 예배를 보러 가시다가 주일학교 교실에 들려 이 광경을 목격하신 것이다.

그러자 기다렸다는 듯이 할머니는 큰소리로 말씀하셨다.

"자, 여러분께 솔직히 말해라, 존!"

그때 나는 후버 목사님에게 손을 잡혀 있었으므로 도망

칠 수도 없고 숨을 곳도 없었다. 정말 쥐구멍에라도 들어가고 싶은 마음이었다. 그래서 어쨌든 시간을 끌기로 했다.

"말하라니 뭘, 말해요? 엄마?"

"어떻게 해서 그토록 잘 외울 수 있는가 말이다."

그 때만큼 어리석은 자존심으로 으시댔다는 걸 후회한 적은 일찍이 없었다. 그러나 너의 할머니는 신앙에 대해서만큼은 결코 화제를 그치지 못하는 성미셨다. 나는 눈을 감고 될대로 되라는 마음으로 마지못해 고백하기 시작했다.

"이렇게 된 원인은 내가 남의 밭에서 수박서리를 했기 때문입니다."

다음 말은 더 이상 잇지 못하고 울먹였다. 교실 안은 온통 웃음바다로 변하고 말았지. 그 길로 너의 할머니는 나를 예배당으로 데리고 가서 월요일까지 반성하라는 명령을 다시 내리고는 돌아가셨다.

이 쓰디 쓴 약은 효험이 대단했다. 아무튼 그로부터 20년 동안 나는 한 번도 자기 자랑을 못할 정도로 어리석은 자존심을 없애주었으니까…….

그리고 그때 나는 겸손이라는 것을 배웠는데, 이것은 그야말로 매우 뜻깊은 내 생애의 변화였다. 자존심이라면 누구나 자연히 몸에 배이지만 겸손은 그렇게 되지 않기 때문이다.

Letter___74

결혼을 생각하고 있는 아들에게

그 헬렌 히스라는 아가씨는 어떻더냐? 어떻게 하기로 했는지 매우 궁금하다.

그녀와 나는 배가 부두를 떠나자 금방 알게 되었다. 그리고 그녀는 대서양을 향해하는 동안에 줄곧 나를 아버지처럼 따라 주었고 보살펴 주었다.

그녀는 참으로 아름답고 품위 있는 아가씨다. 게다가 알뜰하고 상냥했다. 사실 그런 아가씨가 네 아내가 되었으면 할 정도로 내 마음을 사로잡았다.

만약에 네가 결혼 상대자로 생각한다면, 나로서는 더 이상 할 말이 없다.

일반적으로 말하면 아들이라는 존재는 자기 손이 닿지 않은 물건을 살 때는 아버지와 의논하지만, 아내를 선택할 때는 갑자기 귀를 빌리지 않게 되는 것이다. 그러나 이것만은 꼭 말해 두어야겠다.

결혼 문제는 보편적으로 감정이 들떠 있는 상태에서 분별없이 결정하는 경우가 많으므로 자기가 선택한 여성이 실제로 어떤 인물인지, 자신이 올바르게 판단한다는 일은 어렵다.

즉 인간을 보는 눈이 제대로 들어서야만 자기에게 맞는 상대를 찾을 수 있다. 게다가 결혼 신청을 할 때는 상대의 가족 상황을 잘 살펴보지 않으면 나중에 큰 짐을 져야 한다는 부담이 있다.

아직도 너의 급료가 많지 않다는 사실을 유념하기 바란다. 하지만 요령있고 알뜰한 여자라면 적은 월급으로도 가정생활을 꾸려나갈 수 있을 것이다.

아내만 착실하다면 처음에 셋방이나 셋집에서 살아도 거뜬히 생활을 할 수 있다. 반대로 아내가 착실치 못하면 아무리 훌륭한 집에서 새살림을 살아도 결과는 파국으로 치닫게 된다.

돈으로 결혼을 생각하고 결정한다는 것은 잘못이다. 그러나 돈을 전혀 생각지 않는 것도 현명하지 못하다.

모름지기 젊은 사람들은 결혼식까지 돈은 전혀 돌아보지도 않다가 일단 결혼생활이 시작되면 이번에는 돈만 생각하게 된다. 그래서 밤마다 돈을 생각하며 어떻게든지 돈으로 아내를 휘어잡아야겠다는 암담한 기분에 잠 못 이른다.

하루하루를 치열한 경쟁 속에서 살아가는
현대인은 많은 사람들을 만나게 된다.
그럴 때마다 남 앞에 당당히 마주 서려면
다음과 같은 조건이 요구된다.
'타협적으로 일을 처리한다. 영향력을 가진다.
설득력을 발휘한다. 대화를 갖는다. 남을 내 편으로
끌어들인다. 강한 인상을 준다.'

Letter____75

자기 생활을 풍요롭게 해주는 최고의 투자법

둘이 사는 것이 혼자 사는 것보다 돈이 많이 들 것같지만, 전혀 그렇지 않다. 착하고 현명한 아내란 남편이 쓸 수 있는 돈을 배로 늘려주고 행복도 갑절로 만든다.

투자할 만한 돈이 있으면 현명한 아내를 맞아들이는 일이 바람직하다. 이것이야말로 가장 돈벌이가 되는 투자법이다.

하지만 세상에는 남편이 쓸 수 있는 돈을 반으로 깎아 놓고도 모자란다고 안달하는 아내가 있다. 자기가 쓸 돈을 배로 빼돌려 놓으면 남편의 용돈을 아무리 깎아봤자 모자라기는 마찬가지다. 여기서 한 가지 덧붙이고 싶은 말은 아내가 쓸 가계비를 반으로 깎아버리는 남편도 있다는 것이다.

이런 남편들에게 알맞는 곳은 가정이 아니라 우리 회사

의 공장이다. 왜냐 하면 그들은 돼지만도 못한 사나이니까. 그러나 집안 살림이 안팎으로 삐그덕거리는 것은 뭐니뭐니 해도 아내에게 그 재량권이 쥐어져 있을 때다. 이 점만큼은 명심해 두어야 한다.

결혼 전의 남자란 아직 건물이 세워져 있지 않은 집터와 같은 존재이다. 가치는 있을 지 모르나 집을 짓지 않고는 아무 쓸모가 없다. 그들의 최대 약점은 인공적인 땅이라는 것이다. 1미터만 파도 당장 아버지가 깔아놓은 돈의 층은 깎여 버리고 바위나 진흙이 있을 뿐이다.

물론 이런 땅은 먼저 견고한 암반이 나올 때까지 깊게 파내서 철근과 콘크리트로 무엇을 지어도 튼튼하게 기초 공사를 하지 않으면 안 된다.

그런데 대개의 여자들은 아무런 기초 공사도 없이 집을 짓고 부스럭거리며 벽이 허물어지는 소리를 듣고서야 비로소 웬일인가 하며 법석을 떤다.

지난 번 너의 편지에 의하면 헬렌 양이 그런대로 마음에 든 모양이더구나.

그것이 너의 진심이라면 두말할 필요도 없다. 서둘러 결혼해도 나는 괜찮으니 빨리 결정을 내리도록 하여라.

약혼 기간은 될수록 짧은 것이 좋고 결혼생활은 길어야만 하는 게 아니냐. 약혼 기간이란 상대의 가치를 재보는 그런 시간이 아닌 것이다.

그런데 세상에는 겉보기와 실체가 밀접한가를 확인하지 않고 프로포즈만 했다가 나중에 가서 속았다고 하여 야단법석을 떠는 자가 있다. 그런 사나이들에게는 동정할 필요조차도 없다. 그들은 극장의 영화나 연극이 끝난 뒤 떡볶기나 햄버거, 아이스크림의 가벼운 식사 밖에 보지 않았으므로 청순하고 발랄하고 알뜰한 아가씨라고 오산하고 결혼생활을 시작해 봤자 결과는 뻔한 일이 아니겠니.

이럴 때는 어떤 여성이라도 발랄하고 청순하게 보이기 마련이다. 아침 7시 이른 시간에 햄버거를 먹는 모습은 어떻고, 식사 때 명랑한 얼굴로 나타나는가의 여부쯤은 확인했어야 했다.

한편 여성들도 이런 사나이들에게 너무 헤프게 추파를 던지고 있다. 그녀들은 대개 결혼을 하고도 밤 8시부터 11시까지는 남편이 자기를 무릎 위에 올려놓고 몸무게가 60킬로그램이나 되겠다는 둥 새털처럼 부드럽다고 다정하게 대해 줄 것으로 믿고 있다.

그러나 여성이 알아야 할 것은 그런 일이 아니라, 이 남자가 4천 그램되는 갓난아이를 팔에 안고 1톤이나 되는 것처럼 아기를 귀찮게 여기는지 그 여부를 알아보는 일이다.

Letter___76

금전에 민감한 귀를 가진 여성이라면 믿을 수 있다

대개의 젊은 여성은 "정말 저 애는 섹시하단 말야!"라는 속삭이는 소리를 민감하게 알아차릴 수 있다.

하지만 그녀와 결혼하려고 결심한 남성이 확인해야 할 점은 돈의 씀씀이가 헤프니까 좀더 절약해야 한다고 말했을 때, 그녀가 이 말을 듣고 민감하게 반응하는 좋은 귀를 가지고 있는지의 여부다.

다정하게 함께 식사라도 해주면 여성은 고양이처럼 기분이 좋아진다. 그러나 때로는 일부러라도 기분을 상하게 하는 일도 해 보여야 한다. 화가 났을 때 입에 거품을 물고 닥치는대로 내던지는지의 여부도 확인해 두어야 한다.

자주 히스테리를 일으키는 여성은 죽이지도 살리지도 할 수 없는 구제불능이다. 그러나 이보다 더 고통을 주는 상대가 있다. 화가 나면 꿀먹은 벙어리가 되어버리는 여성이다.

히스테리를 일으키는 여성은 그때 폭발해 버리면 그 뒤로는 곧 진정되므로 안심이 된다. 그러나 말을 않고 토라지는 여성은 정차하고 있는 화물기관차처럼 남편의 침대 곁에 그대로 버티고 있으므로 그녀가 요란한 기적소리를 언제 울릴지 몰라 초조함과 불안 속에서 전전긍긍해야만 된다.

또한 이런 여성은 결코 큰 소리를 내어 울고불고 하지 않으며 소리없이 훌쩍거리고 있을 뿐이다.

형제 사이라면 덤벼들거나 대꾸를 할 경우 한 대 때려주면 되겠지만, 아내는 그렇게 할 수도 없다. 아무래도 사랑하지 않으면 안 되는 상대이기 때문이다.

그러므로 폭력을 휘두르게 하는 아내를 맞이하면 남편은 술에 빠지게 되고, 바가지만 긁는 아내를 맞으면 남편은 노이로제에 걸려 가정 파괴범이 된다.

아내의 잔소리는 개꼬리에 매달아 놓은 깡통 같아서 몸살을 하면 할수록 더 딸랑거리며 뒤쫓아오는 법이다.

Letter___77

얼굴만 보고 분별을 잃어서는 안 된다

얼굴이 예쁘다고 아내로 결정하는 짓도 삼가야 할 일이다. 얼굴이 예쁘다는 한 가지만으로 그것이 아름다운 가정으로 보이는 수가 있고, 또 여자의 아름다움이 생활에 멋을 더해 줄 것으로 생각하고 역시 아내는 예쁜 여성을 선택하고 싶어지겠지만, 참으로 가정적인 여성이란 얼굴 생김새는 보통 보다 좀 뒤지는 편이 현명한 선택이다.

아름다움이란 따지고 보면 얼굴은 껍데기에 지나지 않지만, 분별있는 사나이들까지도 거기에 모두 정신을 팔리게 되는 유혹이 있다는 것을 명심하기 바란다.

이야기는 좀 다르지만, 속담의 진정한 뜻을 알려면 그걸 거꾸로 뒤집어 안쪽에서 보아야 할 경우가 있다. 그러니까 어리석은 여성과 결혼하려 하지 않은 한 아름답고 예쁜 것만 취하지 말기를 바란다. 하기야, 그런 여성에 어울리는 사나이는 도처에 있다.

여러 가지로 주의할 점을 늘어놓았는데, 이것은 모두가 일반적인 것 뿐이고 신앙 고백을 하지 않은 채 죽은 사람의 장례식을 주제하는 목사의 말로 생각하면 된다. 이런 말을 자식들에게 들려주는 것이 세상 부모들의 관습이니까.

그런데 헬렌 히스라면 아무 문제가 없다. 아름다움, 고상한 기품, 현명함을 모두 갖추고 있지만 자기와 남편을 타락으로 이끌만한 재산은 갖고 있지 않다. 그야말로 너에게는 다시 없는 좋은 결혼 상대자다.

사실, 비록 너에게 1백만 달러의 재산이 있다고 해도 걸맞는 부부가 되려면 네 쪽에서 밤늦게까지 노력하여 훌륭한 남편이 되도록 마음을 써야 할 일이다.

'틈을 낼 수 없다'는 말을 해서는 안 된다.
인생은 시간의 연속이다. 내 삶을 정상으로
이끌어가기 위해 더 유효하게 시간을
쪼개어 쓰기 바란다.

Letter___78

오늘을 즐기는 삶은 아름답다

여기서 한 가지 주의해 둘 것이 있다. 아무리 유능한 여자일지라도 밖에서는 일을 하지 못하도록 해야 한다.

여성은 가정에 있어야만 책임있고 훌륭하게 가사일을 돌볼 수 있지, 밖에서 일을 하면 그렇지 못한 것이 당연하지 않겠느냐. 물론 요즘엔 직장 여성이 많아졌으므로 이건 나의 편견인지도 모르겠다.

그러나 여성과 함께 맞벌이를 하게 된다면 아무래도 너의 어머니와 결혼했을 무렵의 사건을 떠올리지 않을 수 없다. 우리들의 결혼생활은 소설에나 나오는, 너 같으면 무조건 살기를 거부할 오두막집에서부터 시작하였다.

그 당시 문앞에는 아름다운 넝쿨장미가 울려져 있었지

만, 부엌에는 수도조차 없었다. 작은 뜰안의 화단에는 갖가지 꽃들이 피어나고 있으나 지하실에는 쥐들이 득실거렸단다. 뒷뜰은 그런대로 넓어서 각종 채소도 가꿀 수 있었지만, 방 안에 누으면 발이 창 너머로 빠져 나갈 정도로 비좁았다.

그러니까 어딘가 소풍이라도 가서 잠깐 쉬는 장소로는 안성맞춤이었으나 살기에는 불편하기 짝이 없는 작은 집이 우리들의 최초의 보금자리였던 것이다. 산책은 결혼 전 데이트 때나 즐기는 것이지 결혼하고 나서는 두 번 다시 하지 않는 것이라고 나는 지금도 생각하고 있다.

그 작은 집에서 너의 어머니는 음식을 장만하고, 나는 그 음식 재료를 마련하기 위해 밤낮없이 일을 했다. 때로는 쑥스럽기도 했지만 너의 어머니에게 화장품을 사다준 일도 있었다. 당시의 생활은 상당히 어려웠지만, 그래도 우리들은 어느 날인가는 성공하여 편하게 될 거라고 마음을 굳게 먹고 있었기에 아무런 불만도 불평도 서로 하지 않았다.

사람들은 대개 쉬는 날에만 즐기는 걸로 알고 있지만, 우리들은 언제나 오늘이라는 날을 즐겼다. 여기서 주의해 두고 싶은 말은 행복이라는 액면의 수표는 절대로 받아서는 안 된다는 점이다. 왜냐 하면 지불 기일이 되어도 그런 수표는 결재가 되지 않고 또 한 달쯤은 연기되기 십상이니까.

그 무렵, 나는 어떤 잡화점 점원으로 일하고 있었다. 그런데 처음부터 동물을 매우 좋아해서 현재 하고 있는 장사를 할만한 여유는 없었지만, 막 젖이 떨어진 돼지새끼 한 마리를 어렵게 사 들였다. 여름에 키워서 가을에 내다 팔면 될 것으로 생각했던 것이다.

이 돼지새끼를 사 올 당시에는 보통 종류의 돼지였으므로 재래식으로 길렀다. 그런데 다른 돼지새끼와는 좀 유별난 데가 있었다.

너의 어머니가 이 돼지새끼에게 토비라는 이름을 지어준 뒤로 나는 우리 밖으로 내놓고 이름을 불러보았다. 그러자 이놈이 강아지처럼 알아듣는 것이 아닌가.

이윽고 이 토비가 우리와 함께 현관 앞에 있으려 들고 저녁 때가 되면 방안으로 들어오려고 소동을 벌이는 것이었다. 또 일터에서 돌아온 나를 보고는 반가운 듯이 꿀꿀거리며 달려들기도 했다. 그런 돼지는 나도 생전 처음 보았다.

그러는 동안에 어느덧 11월이 되어 토비가 비싼값으로 팔릴 때가 온 것이다. 토비는 옥수수만 먹었으므로 그 어느 돼지 못지 않게 토실토실 살이 올라 있었고 성질도 온순했으므로 너의 어머니에게 내놓고 말하지는 않았지만, 나도 토비에게 큰 애착을 가지고 있었단다.

그러나 나는 돼지고기를 즐겼다. 게다가 식탁에서도 토

비가 필요한 형편이었다.

그런 어느 날, 나는 토비를 가게로 끌고갔다.

다음 날 나는 너의 어머니가 험악한 얼굴로 저녁 식사 때 돼지고기가 담긴 접시를 갖다 놓는 걸 보았다. 그러나 나는 그때 다른 일에 정신이 팔려 있었으므로 그 고기에 칼질을 하면서 그만 엉겁결에 "여보 당신도 토비 고기 한 점 먹어 보구려." 하고 말했다.

그러자 너의 어머니가 어쨌는지 아니? 나를 얼마동안 뚫어지게 바라보다니 와락 눈물을 흘리며 얼굴을 돌리고 나가 버리는 것이 아닌가. 그래서 뒤따라 가서 왜 그러냐고 물었더니 이번에는 화를 내며 고래고래 소리를 지르는 것이었다. 냉혈한이라니 인정사정 없는 인간이라고 하면서 말이다. 그리고 나서 좀 진정이 되는지 이번에는 훌쩍거리기까지 했다.

그리고 부디 토비를 뜰에다가 묻어 달라고 애원하는 것이었다. 나는 경위를 알려주고 설득했지만 막무가내여서 결국 죽은 토비의 장례식을 치르는 꼴이 되었다. 당시의 우리로서는 상당히 부담이 가는 장례식이었다.

나는 나대로 이 소동으로 말미암아 완전히 밥맛을 잃게 되어 그 후부터는 돼지고기가 든 음식은 일체 먹지 못하게 되었다.

Letter___79

장점은 키우고 결점은 보완해 주는 것이 반려자다

이 글에서 토비에 관한 얘기를 한 것은, 내가 왜 여성은 비즈니스에 합당하지 않은가를 그 구체적인 예를 들고 싶어서였다.

이제까지 나는 매우 많은 여성들과 거래를 하며 체험한 경험으로 판단하건대 약한 입장에 놓이면 금방 자신은 여성이라는 점을 내세워 이쪽에서 양보하지 않으면 안 되게 하고, 반대로 강한 입장이 되어도 또 여성임을 내세워 남성보다도 곤란한 조건을 들이댄다.

어쨌든 여성을 상대하면 남자쪽에서는 지게 되어 있다. 반드시 질 것이라는 결과를 아는 게임에 손을 댈 수 없는 일이 아니냐.

그런데 여성에게는 여성만이 할 수 있는 중요한 일이 있다. 그것은 가정에 있으면 제대로 일을 해준다는 점이다. 회사를 경영하는 입장에서 나는 여성을 쓰느니 보다는 그 남편을 쓰겠다. 그렇게 하면 두 사람 모두 우리 회사를 위해 일해 주는 셈이 되기 때문이다. 남편의 일에 의욕을 높이는 활력은 가정에서 기다리는 아내 외에 달리 없기 때문이다.

아내가 있는 남자는 급료를 지불하는 쪽에서 보면 독신 남성보다는 훨씬 바람직하다. 독신 남성은 밤이면 밤마다 또다른 여자 친구와 놀러 다니며 집에 늦게 돌아오지만, 아내가 있는 사람이라면 저녁에 일찌감치 잠자리에 들고 아침에는 일찍 일어나므로 직장에 지각하는 일도 없어지고 근무 태도도 진지하다. 그러니까 나는 네가 헬렌과 결혼하게 되면 그날로 급료를 올려주려고 생각하고 있다.

그리고 너에 대한 편지도 마지막으로 쓰려고 한다. 왜냐하면 너에 대한 일은 모두 헬렌에게 맡길 수 있기 때문이니까.

이제부터는 네 미래의 동반자로서 그녀가 틀림없이 나보다는 더 잘 보살펴 줄 것이라는 확신감에 차 있다.

Letter___80

너에게 띄우는 마지막 편지

이것으로 너에 대한 편지는 끝을 맺어야 할 것같다. 그 동안 귀가 따가울 때도 있었을 게다. 또 귀찮은 아버지라고 생각할 때도 있었겠지. 그러나 이것만은 꼭 알아주기를 바란다.

어느 세상에서나 어버이는 그 누구보다도 자기 자식의 성장을 바라는 마음이 간절하단다. 그리고 아버지는 한시라도 빨리 자식에게 자기의 등허리를 따라잡기를 바라고 있다. 솔직한 심정이다.

이제부터 너는 혼자서 결단하고 행동하지 않으면 안 된다. 성공한 젊은이는 모두가 다 그렇게 해왔고 또 남자라면 그렇게 해야 하는 법이다.

때로 인생은 결국 혼자라는 외로움과 쓸쓸함을 마음 속

깊이 되새겨야 할 때도 있을 것이다. 그럴 때 너는 나의 이 편지를 다시 한 번 되새겨 보아라.

그때마다 너의 고독을 풀어주는 계기로 장래에 도움이 되는 새로운 지혜가 발견될 것이다.

이 편지에 씌여 있는 삶의 모습이 바로 네 아버지가 지나온 인생이다. 너에게 가장 가까이 있는 한 남자의 진솔한 삶의 모습인 것이다. 그 사나이의 인생을 너의 장래를 밝게 비춰주는 거울로 삼고 자신감을 가지고 삶의 길을 힘차게 걸어가기를 간절히 바랄 뿐이다.

아들아! 행복해 다오. 건강한 삶을 기대한다.

―끝

■ 옮긴 이 : **김붕래**

서울출생 | 성균관대학교, 대학원 졸업 | 서문여자고등학교 교사 지냄
지은책 | 책 거리 | 선생님의 꿈을 보여드립니다 | 큰나무 너른 그늘 |
한국전쟁 소설논고 | 작은 칠판 위의 행복 | 지상의 양식 | 등이 있음.

인생의 삶에는 공식이 없다

초판 발행 2010년 3월 5일 | 지은이 존 그레함 | 옮긴이 김붕래 | 펴낸이 홍철부 | 펴낸데 문지사 | 등록일 1978년 8월 11 | 등록번호 제3-50호 | 주소 서울특별시 은평구 갈현1동 423-16 | 영업팀 02) 386-8451, 02) 386-8452 | 편집 · 기획팀 02) 382-0026 | 팩스 02) 386-8453

| 값 10,000원 | 잘못된 책은 서점에서 바꾸어 드립니다 |